新潮文庫

打たれ強く生きる

城山三郎著

新潮社版

4257

目次

大きな耳

新しい企業英雄

配転ははじまり

自分だけの暦

打たれ強く生きる

大きな耳

大きな耳

むつかしい時代になった。

全身を耳にして、情報を集めなければならない。

そのすぐれた例が、山種証券の創設者山崎種二《やまざきたねじ》氏、通称山種さんである。

同氏をモデルにした『百戦百勝』でわたしは主人公を大きな耳のひと、として描いた。福耳だっただけでなく、体全部が耳のようなひとであった。

劇的な例が、二・二六事件のときである。

山種さんの家は、麹町《こうじまち》にあった。朝、車で会社へ向かう途中、反乱軍にぶつかり、車を停《と》められ、その将校に便乗を求められた。

山種さんは、こわがらず、いやがりもせず、むしろ、進んで車に乗せてやった。

軍部のクーデターという異常事態。その当事者としばらく車を乗り合わせ、車の中で全身で情報を吸いとろうとしたわけである。

事件は深刻になり、麹町付近は射撃戦の巻きぞえになるかも知れぬというので、山種さんは家族を疎開《そかい》させたが、それでいて、運転手にいいつけて、まだ小学生だった長男の富治少年を乗せた車を、わざと反乱軍の居るあたりを走らせた。富治さんは、いまも、機関銃の銃口などをはっきりおぼえている、という。

山種さんは、さらに主だった社員たちにも、車を出して、現場へ行かせた。

「めったにないたいへんな事件だ。とにかく目で見てこい、肌《はだ》で感じとっておけ」というのである。見物などというのではなく命がけであった。

反乱軍の将校を乗せたことがわかったため、後で山種さんは憲兵隊にひっぱられたが、危険や前後のことは考えず、ひたすら情報を吸いとろうと、ただそれだけになってしまう。全身を目や耳にした情報人間であった。

ある夏、郷里の群馬からの帰り、山種さんは、道中、ところどころの村で車をとめ、農民から瓜《うり》を買った。

同じ瓜がいくつもふえて行く。面倒な話である。「まとめて買えば」というと、

「同じ瓜の値段がどこで、どんな風にちがっているか。それが勉強になるから、あちこちで買っているんだ」

との答であった。

もちろん新聞もよく読んだ。仰向けに寝たまま毎朝一時間、七種類の新聞を読む、

というのが山種さんの晩年の日課であり、特技であった。

読むだけでなく、無類の聞き上手でもあった。取材にきた記者たちは、逆に取材され、さんざん話を吸いとられたあげく、感謝して送り出されるのであった。

全身が耳、一日中が耳である。大きな耳のひと、という他《ほか》ない。

それだけ大きな耳を持ち続ければ、だれでもかなりのことができるにちがいない。

アイデアをもらう

人気番組「連想ゲーム」でヒントを出す役として活躍している加藤芳郎《かとうよしろう》さんから、先日おもしろい打明話を聞いた。

「ゲスト回答者の中に、ときにはイヤな男が出る。そのとき、こいつはイヤなやつだと思ったら、もういけませんね。ヒントが出なくなってしまう。イヤなやつじゃない、イイやつだ、イイやつだ、と自分にいいきかせる。そうすると、はじめてヒントが浮かびます」

教訓的な話だと思った。それに、もうひとつ。

「敵方である女性軍に似たようなことがあって、うまくかみ合っていないとき、こちらは勝つわけだから、よろこんでいいはずだが、そうは行かない。向うが不調だと、こちらまでいいヒントが出なくなってしまう。だから、向うにも健闘してもらわぬと、こちらもだめというわけです」

少し立場を変えて、他人にヒントやアイデアを出してもらうためには、どうしたらよいのか。

電通アイデア・センターの社長であった小谷正一さんは、終戦後まもなく娯楽のなかった時代に、新聞社の事業部長として、大阪へ闘牛を呼んでくるという企画を考えるなど、早くからアイデアマンとして有名であり、アイデアを出させる会社の社長でもあった。

その小谷さんに、部下からアイデアを出させるコツをきいたことがある。

答はこうであった。

「きみ、何かいいアイデアはないかね」

などときいたのでは、つまらないことしかいってくれない。

本当のアイデアをいってもらうための秘訣《ひけつ》は二つある。

第一は、自分が部下にとって「この人なら本当のことを話してもいい」と信頼される上役になること。

内心、少しでも軽蔑《けいべつ》していたり、いやがっている上役に、部下はいちばんいい話を伝える気にはならないからである。

第二に、どういう話、どういう話し方をすれば、部下が話に乗ってきて、どんどん本音をいってくれるようになるかを知ることである。

それは部下一人一人でちがう。そのため、平素から十分、部下についてよく観察し、よく勉強しておかねばならない。

どんな育ちで、どういう家庭で、どんな生活をしているか、何を勉強し、何に興味を持ち、どんなつき合いをしているか……等々。できるだけ深く、くわしく知っている必要がある。

つまり、部下をまるごとのみこんでおくということで、そうなってしまうと、たとえイヤな部下でも、イヤなやつと思えなくなる。そのとき、部下ははじめて「この上役のためなら」と、本当にいいアイデアを出してくれる。

ゲームでも、仕事でも、秘訣は同じである。

総理からの電話

何年前のことであろうか。ある会合で、ふいに隣りのテーブルからきて、「城山さんですね」と、わたしに声をかけたひとがいる。

蔵相の福田《ふくだ》赳夫《たけお》氏であった。福田さんは、わたしの著書について二、三、感想をいったあと、笑顔でもとのテーブルに戻《もど》って行った。腰が軽く、スマートであった。ふれ合いは、それきりであった。

それから一、二年したある日、電話のベルに家内が出ると、「福田ですが」

わたしの知人に何人か福田姓があるが、家内には聞きおぼえのない声であった。

「どちらの福田さんでしょうか」

「ソーリの福田です」

家内は、いぶかしげな顔で、

「ソーリの福田さんというひとからですけど」

まるでつき合いもない福田さん。それも総理の身になって自分で電話をかけて来られるとは。わたしも、まさか、と思ったが、出てみると、福田総理の声であった。わたしが『黄金の日日』を書くため、堺《さかい》の古い歴史を調べていることを知り、堺に旧知の寺があり、古文書も多い、紹介しようか、との電話であった。

わたしはその好意は受けなかったけれども、ふつう物書きにとって何よりうれしいのは、少しでもよい資料が手に入ることである。

その辺を察しての心にくい配慮である。しかも、それを秘書など介さず、自分で電話をかけてくる。なるほど総理になる人はちがう、と思った。

気さくさという点では、「財界総理」といわれた土光敏夫《どこうとしお》さんも抜群。

経団連会長を引退される直前、鶴見《つるみ》のお宅に伺ったことがある。

質素なくらしぶりだが、古い家なので、庭だけは広い。その庭にあるすべての植木を、土光さんは自分で植え、自分で手入れしている。野菜畠《ばたけ》も同様。また、芝生についても、すべて自分で世話している、ということであった。

「芝生の手入れはたいへんですね。うちなんかも何度か他人にたのんで……」

わたしが何気なくいうと、土光さんは目を光らせ、

「ぼくがきみの家の芝刈りに行くよ。会長をやめれば、ひまができるんだから。それに、ぼくだけで足りなかったら、友達をつれて行く」

真剣な口調であった。あのひとは冗談など言うひとではない。わたしはうろたえて、辞退した。

土光さんは、その日当を、例によって女性教育事業に寄付するつもりであった。

「まあいいや。大きな庭を持ってるのを何人も知ってるから。そちらへたのんでやらせてもらおう」

土光さんは、ひとりごとのようにつぶやいた。それは、神々《こうごう》しいほど気さくな姿でもあった。

社長の忠告

数社の新入社員に集まってもらって、

「入社式の社長のあいさつで、どんなことをおぼえているか」

ときいたことがある。答はそろって、

「何をいったかな」「何だかきまりきったことだった」

社長はおそらく秘書のつくった文章を口にしただけ。そのため、若者の記憶に残らぬものになったのであろう。

大切な戦友、大事な戦力が加わってくれたのである。はじめてのふれ合いを心のこもったものにできなかったのは、惜しい。

花王石鹸《せっけん》の入社式では、社長の丸田《まるた》芳郎《よしお》さんは、ほんの一言あいさつしただけ。その代り、式の後で、あらためて一時間かけて、じっくり話をした。

丸田さんは、それを「レクチュア」と呼んだが、社長訓示というより、一先輩の忠告といった趣きがあった。

丸田さんはまず第一に、「会社の仕事以外に勉強をするように」とすすめた。

このごろの大学教育は受身に終始していて、自発的に課題に取り組んだり、積極的に議論し合ったりすることがない。その欠点を、社会人になってから補え、というのである。

宇宙物理学でも何でもいいから、目標を決めて挑戦《ちょうせん》せよ。それも、基礎が大切である。基礎的な勉強からはじめて、勉強がおもしろくなるまでやめてはいけない。

仲間を集めて輪読会をやった丸田さん自身の若い日の思い出などもまじえて話した。

第二に、文学や芸術に触れよ、ということ。

漢詩などの古典は、いざというとき、心の支えになる。いい音楽、いい美術、いい映画も同様である。そうしたうるおいを持たなければ、長い人生はつらいものになる。

わたしも『男たちの経営』に書いたことがあるが、これまた若い日の丸田さんの姿であった。

漫然と日をすごしたり、レジャーなどにうつつをぬかすのは困るが、会社のためにカリカリ働くだけが能ではない。もっと大きな人間に自分をじっくり育て上げなさい。それが自分のためにも、会社のためにもなる。

丸田さんの忠告は、さらに親切をきわめた。

「大事な用件は電話ですまさず、手紙を書きなさい。そうすれば、少くとも手紙を書いている間は、相手のことを考える。また時候のあいさつを考えれば、まわりの自然に目が向く」

丸田さんは、これから四十年をそこで送ることになる後輩たちに対して、それを伝えずにはおれなかったのである。

この「レクチュア」について批評を書くよう、あらかじめ新入社員に求めておいたというが、いいかげんに聞き流されたくないという先輩としての愛情からだろう。

わたしが新入社員なら、むしろ受講料を払っても聞きたかった。

初心安心

風薫《かお》るこの季節、一昔前には、バスなどに乗ると、たのしみがあった。はしりの季節である。車掌の卵というか、新人の車掌が、実に初々《ういうい》しい。ときにはとちったり、まちがえたり。同乗する先輩車掌に叱《しか》られて、顔を赤くしたり、おどおどしながら、とにかくひたむきに働きはじめる季節だからである。

失敗を見るのがおもしろいというのではない。その初々しさが、目にも耳にも気持がいい。

仕事に馴《な》れ切ってしまったベテランなどよりも、客のサービスになっている気がする。バスがいつもより軽やかに、たのしく走って行く気がしたものである。

「初心安心」と、わたしは、ふっとつぶやきたくなる。

もし、そのまま、その人が初心を持ち続けたなら、立派な職業人になることであろう。「初心安心」だけでなく、「初心立身」でもあるはずだ。

新人の立場に立ってみると、就職はしたものの、思いがけぬ職場に配属されて、

「こんなはずではなかった」と思っている人もあるかも知れない。

就職ではないが、わたしが少年の日、志願入隊した海軍がそうであった。夢にえがいていたのとはちがい、ふやけた士官、凶暴な下士官、意味もない訓練、常識はずれの罰直……と、心外なことの連続であった。

正直いって、わたしはひどく後悔した。もっともっとよく調べてから志願すればよかった、と。

考えてみれば、人生はこうした悔いのくり返しである。

とすれば、悔いるだけでなく、とにかくその中に入りこんでみて、得られる限りのものを吸収し、そこから出られる日を待つしかない。

日本化薬の原安三郎さんがそうであった。

化学会社に就職したのに、配属された先が飯場の炊事係であった。思ってもみなかった職場である。

だが、原さんはくさらなかった。

米の仕入れひとつにしても、「どこの米がうまいか」、「米の値段にどういうちがいがあるか」、「品質のちがいとどう関係があるのか」、「どういう流通経路で来るのか」、「肥料には何をつかっているのか」

等々、調べる気になれば、勉強する材料はいっぱいあった。

そして、勉強して行くと、次から次へと、また勉強の材料が出てきた。そして、最初はつまらないと思った日々の仕事にも、はりが出てきた、という。

バスの車掌さんも、その気になれば、次から次へと勉強の材料が出て来たはず。

それは、どんな職場についてもいえると思う。初心である限り、人生はいくらでもひろがって行くものなのである。

いい客つまらぬ客

乏しい才能で生きて行くために、わたしは無用な消耗を避けようと、いくつかのささやかな「原則」を立てている。

一、電話による依頼には応じない

二、講演は引き受けない

三、自宅で客に会わない

もちろん、これらはいずれも原則であって例外もある。

とはいえ、もともと、わたしは、ひとの話を聞くのは好きである。やむなく会った人から、思いがけぬさまざまな話を聞いたりするとまことにたのしい。

客に会うのは、たいてい午後のおそい時間で、それまでにはわたしのその日の主な仕事は終わっている。

客からいい話を聞けば、その日の千秋楽。その日一日が黄金の日という気がする。

いい話とは、もちろん、わたしにとってうまい、甘い話、ということではない。豊かな話題、ああこの人はよく勉強している。よく世の中や人のことを観察している。豊かな関心を持って生きている——そうしたことの匂《にお》ってくる話である。

逆にいえば、つまらないのは、自己宣伝ばかりする客、こちらに質問ばかりしてくる客である。

このごろ、そういう習慣があるか、どうか。上京した若者が同郷の先輩や成功者を訪ね回って、話を聞いて歩く、ということが、昔はよくあったようである。

『落日燃ゆ』にも書いたように、広田弘毅《ひろたこうき》首相の若い日がそうであった。

休日毎《ごと》に、必ず郷里福岡の先輩を訪ねることにした。学年末試験などで忙しいときにも、それを実行した。

原安三郎さんも、そうであった。つとめて、次々と先輩を訪ね歩いた。

ところが、たしか相手は根津嘉一郎《ねづかいちろう》さんだったと思うが、ある日、先輩に叱られた。

「きみはぼくから聞くばかりだ。少しは土産になる話を持ってきたまえ」

と。

原さんはびっくりした。成功者である大先輩に聞かせる話などあるものか、と最初は思った。

だが、飯場の話や、飯米の話ひとつにしても、勉強したことを話すと、根津さんはおもしろがって聞いてくれた。

原さんはいった。

「手ぶらで行っていい話を聞こうなんて、とんでもないことだった」

と。

わたしの住む茅《ち》ケ崎《さき》には、原さんの別荘がある。松の緑の濃い閑静な邸《やしき》である。原さんは逝《い》き、その原別荘跡が今度は市の公園になった。もはや語りかけてくるのは、松籟《しょうらい》の音しかない。

専門職の出世

いまはテレビの時代。そのテレビ・ドラマの世界で指折りの演出者の一人、とくに「社会派ドラマといえばこの人」というのが、NHKの和田勉氏である。

昭和五年、大阪の生まれだが、ついぞラインの長になることなく、いまも現場で大作に取り組み、最近ではわたしの『勇者は語らず』を演出した。

専門職だが、身分は「理事待遇」と、身分としても最高のところにある。

和田さんは、映画の黒沢監督にたとえられる。つくるのは、いつも大作で話題作。クローズ・アップと効果音を駆使したはげしいドラマづくりで、ちらっと見ただけで、和田さんのドラマとわかる。

和田さんは原作をべたぼめするが、その原作も和田さんの手にかかると、パンでも練るように、地にたたきつけられ、もみほぐされる。

役者もまた同様に扱われるであろうが、それでいて、ふしぎな快感がある。役者は競って和田さんの作品に出たがる。

和田さんは、強烈な個性のひとである。

湯上りの由比正雪《ゆいしょうせつ》のような風貌《ふうぼう》。のどにマイクをはめこんだような大音声《だいおんじょう》。それでいて、決して巨匠ぶったところがない。むしろ、ダジャレの名人である。

「いつかダジャレ・ブックを書く」

と笑っているが、話している間中、ダジャレの連発、笑いの連続で、腹が痛くなる。シャレとかダジャレ、つまり、ユーモアは、人間を同じレベルに置く。お互いに親しみやすい一庶民でしかない、という気にさせる。

天性にもよるのであろうが、ユーモラスに生きようという姿勢の積み重ねからでもあろう。

そこに、妙に巨匠ぶることなく、また変に重くならない良さがある。ナウな巨匠とでもいうか。

『勇者は語らず』のプロデューサーのK氏もまたダジャレの名手。共同での取材旅行のときなど、この二人のダジャレで、どれほどわたしは慰められ、つらさを忘れたか知れない。

和田さんの表現はオーバーである。ドラマのできばえを訊《き》くと、

「いやァ、すごい作品になりましたよ。ぼくは自分のドラマなのに、腰が抜けて動け

なくなりましたよ」

などということをいう。まじめな顔つきで明るくいう。ふつうの人なら、とてもいえないせりふであるが、ふだんがふだんである。冗談かなと一瞬思うが、やはり本気らしい、と考え直す。

それほどいうなら、やはり相当なできばえらしい、と。

いまはそういう時代なのだ。芸術家肌《はだ》の専門職だからといって、黙っていては売れるものも売れない。自分が売らなければ、だれが売ってくれるのか。

専門職の出世（続）

ある脚本家がいった。

和田勉さんのため、はじめて仕事をすることになったとき、

「いやァ、うれしい。あなたに脚本を書いてもらうのは、ぼくの夢でした。もう、思う存分に書いてください」

和田さんに喜色満面でいわれた。

だが、脚本ができ上ると和田さんは、大幅に筆を入れてきた。

脚本家も負けずに、また、もと通りにして返す。

すると和田さんはまた大々的に筆を入れてくる。「夢の人」に書いてもらうなどというものではなかった。

ひとをほめるときは、思いきって、手放しでほめ上げ、ひとをその気にさせる。

だが、注文は容赦なくつける。

そして、仕事の続く間中、和田さんがひっきりなしに口にするのは、

「OKです」「OKですよ」

ここまで来た、だからもう大丈夫だと、力をこめ、ジェスチァまじりでいう。安請合というより、和田さんの口にかかると、「大請合」という感じなのだ。だから、役者なども、くじけながらも、また仕事に戻《もど》って行く。「和田さんがこんなにいっているのなら、何とかなるだろう」と気をとり直して。

巨匠だからといって、大物ぶって言葉を惜しんではならない。励ますときには、思いきって励ます。くり返して励ます。

そして、不安や動揺をとり払ってやる。

自信などというものは、まともに考えれば、だれでもなくなってしまうかも知れない。

だから和田さんはひょっとして、「大丈夫だ、大丈夫ですよ」と、ひとにいい続ける中で、自分自身にも同じ言葉をいいきかせ続けているのかも知れない。

専門職ひとすじで生きてきた男が、もしその専門に自信を失ったら、何が残るというのか。

まかりまちがっても、自信を失うことのないよう、自分も自分のまわりも固めておく。それも専門職の工夫のひとつなのだ。

和田さんはよく気のつくひとであり、筆まめなひとである。

ドラマの製作状況をときどき、原作者であるわたしに報告してくるが、電話をすれば仕事のじゃまになると知って、いつも手紙である。

勢いのよい大きな字で書かれた手紙は、大音声に劣らず、わたしに語りかけてきて、たのしい。

放映の予定日を報《しら》せる手紙が来る。そして、放映当日の朝には、電報が来る。

「コンヤ八ジカラデス」

などと。

「いい作品をつくりました、ぜひ見てください」と、その仮名文字はいっている。自己宣伝よりも、自分の仕事への愛着の深さがにじみ出ている。

専門職の出世（続々）

ドラマの放映が終わり、ひと月ほど経《た》ったころ、和田勉さんから部厚い封筒が送られてくる。

ドラマについての反響を、さまざまな新聞雑誌から丹念に拾い集め、それを全部コピーして、一冊の本のようにとじ合わせて、送ってくれるのである。

ところどころに、和田さんの注も入っていて、これまたたのしいし、いい思い出になる。

仕事を愛したなら、そこまでのアフター・ケアというか、フォロー・アップをする。それも、現代の専門職の心得といえるかも知れない。

豪放で芸術家肌のように見えながら、和田さんは細かく気のつくひと、気くばりをする人でもある。

生活も細心である。食物にも好みというか、基準があって、人を食うことはあっても、むやみな物は食わない。

毎日の生活にも、自分なりの日課があって、寝すぎてその日課が狂ったりすると、一日調子がわるい、という。

芸術家肌の気まぐれだけでは、現代の専門職はつとまらない。むしろ機械のようにきびしく自分を律する必要があるのではないか。

偶然のことだそうだが、災害にも強い地下室つきの住まいである。

和田さんは決して専門バカではない。

社内政治についても盲目ではないようで、「むしろ政治力がある」という声もきく。ただし、その政治力は、ラインの中で出世しようなどということに向けられるのではなく、大作をつくるため、自分のよりよい仕事獲得のために発揮されるようで、仕事愛の表れと見る向きもある。

必要な予算も確保できないようでは、専門職もつとまらない。

そのためには、永年その道ひとすじに積み上げてきた業績だけが、物をいうのではない。明るく人に接し、細かく気くばりして、社の内外に味方をつくっておくことも、必要なのであろう。

あれこれ書いたが、和田さんは決して重さを感じさせる人ではない。むしろ、その逆である。

ニューヨーク取材のときも、和田さんはふっと姿を消した。

夜ふけの街をひとりさすらい歩いたり、街角の消火栓《しょうかせん》に腰を下して、ぼんやり何時間も道行く人を眺《なが》めていたりした。

取材ということだけでなく、ふいと孤独が欲しくなる。やはり、芸術家肌なのであろう。

孤独を愛し、孤独に耐えることは、もともと専門職の宿命なのだ。ただし、それだけでは成り立たないことも、わたしの見た和田さんの人生が教えてくれる。

F君の土瓶《どびん》

五十五歳であるわたしの同期生たちは、いま退職や転職の時期に当たり、落ち着かぬ日々、冴《さ》えない思いをしていることが多い。

その中で、黄金の日日を送っている友人も居る。F君もその一人。

彼の生家は、瀬戸で駅弁用の茶瓶などをつくっていた。

瀬戸から、名古屋南部に在るわたしたちの中学までは片道二時間近くかかる。瀬戸からの通学生は、このため、共通して、気の長い、辛抱強いところがあった。

卒業して、彼は家業を継いだ。

茶瓶を全国の主な駅に売りに行くのが、仕事である。

汽車から汽車へ。泊りも夜汽車が多い。

つらい仕事であったはずだが、彼にはひとつの救いがあった。絵が好きなので、車窓から沿線の民家のスケッチをし続けた。

地方によって、家のつくりがさまざまにちがっていた。それを描《か》くたのしみで、長い道中も苦にならなかった。

どこへも気軽に足しげく通い、得意先がふえた。

やがて、瀬戸物の茶瓶は重いし、回収や処理に困ると見ると、彼はすばやくプラスチック茶瓶の製造へと切りかえた。

瀬戸の町に生まれ、代々瀬戸物をつくってきたのに、未練もなく、瀬戸物の町の中で、ひとりプラスチック成型をはじめた。

過去や因襲にとらわれない果敢な転身。

そこには、全国を旅して回る中で、時代の変化を肌で感じとっていたことが支えになっていたであろう。

後を追って、他《ほか》の同業者たちも、プラスチック茶瓶に進出してきた。資本力や政治力のある業者もあった。

だが、F君はおそれなかった。

長い間つみ上げてきた得意先との信頼関係がある。

それに、こまめに得意先を回って意見を聞いては改良してきたので、何でもない茶瓶だが、その形には自信があった。

ライバルがふえただけでなく、化学会社からはプラスチック原料を競って売りこんできた。値引きなど好条件のところもあったが、F君は早くから取引していたS社だけから買い続けた。

そして、石油ショック。原料不足となり、同業者たちはお手あげになったが、F君のところへS社は相変らずの値段で、従前通り原料を供給してくれた。おかげで得意先に迷惑もかけずにすんだ。

もうけた金で、F君は機械化・自動化を進めた。といってクビ切りはしない。退職者の代りを補充しないという自然な形で、かつて二十人いた従業員がいまは三人。それでいて売上は数倍にふえている。

いまもF君はにこにこして旅回りを続けている。「不況」とか「不安」とかいう文字は、彼の辞書にはない。

スランプのひまなし

新しい紙幣のデザインに、渋沢栄一が選ばれなかったことが、わたしは残念でならない。選定委員たちの不勉強のあらわれであろう。

わたしは渋沢を『雄気堂々』で描いた縁でいうのではない。慈善事業から企業に至るまで、近代日本の枠組《わくぐみ》は、ほとんど渋沢栄一の力を借りている、といっていい。

その死に当って、市井《しせい》の一運転手が、

「あの人には、なんとなく世話になった気がする」

といい、立場が逆の左翼系の歌人まで追悼歌をうたった、という人である。

九十一年のその生涯《しょうがい》には、何度か、危機というか、逆境があった。

そこを克服したのは、何よりも彼の人一倍旺盛《おうせい》な知的好奇心のせいであった。

倒幕運動が露顕して、命からがら京都の一橋家に逃げこんだとき、彼は雇われてもいないのに、一橋家とは何か、毎日どんな生活が行われているか、台所はどうなっているか等々、知り得る限りのことを勉強した。

彼が一橋慶喜の目にとまるようになったのは、逃げこんできた一百姓にすぎないにもかかわらず、実によく一橋家のことを知り、どうあるべきかについて意見を持っていたからである。

二度目の挫折《ざせつ》は、その慶喜が将軍になったことから起る。渋沢は倒幕派だったからである。

このとき、渋沢はたまたま、使節団の随員として、パリへ行かされることになる。攘夷《じょうい》論者でもあった渋沢としては、心外な人事であった。だいいち、パリがどこに在るのかも知らなかった。

その渋沢がパリに着くと、しかし、開国派の侍以上に、パリのことを猛勉強する。朝起きてから、夜寝るまで、目につくもの、耳にするもの、すべてを記録してかかる。

彼が日本に戻《もど》ってきたとき、すでに幕府は倒れ、彼は失業者の身であったが、彼がパリで猛勉強したというそのことのために、大蔵省へ招かれて、中堅幹部になる。

だが、その大蔵省は薩長《さっちょう》主導型で、ろくな仕事は与えられない。

すると、渋沢は今度は「改正掛」という勉強会をつくって、仕事の終わった後、外国の制度などについて、若手たちといっしょの勉強をはじめる……。

そうした渋沢の人生を見ていると、逆境に置かれても、逆境を意識しているひまがない、という感じである。もちろん、スランプに陥る時間もない。

どんな仕事に就かされても、どんな土地へ行っても、必ずその行先には勉強することがあるはず。また、その行先にかかわらず、勉強しつづけることも多いはずである。

日頃《ひごろ》から、知的好奇心のために、せっせと燃料を補給するくせをつけておくことである。

すてきな枯れ方

親しい先輩が、しみじみした口調でつぶやいた。

「人間、七十五を過ぎると、それから先は、一年一年生きることだけが仕事になる」

と。

わたしにはまだ実感はないが、本当にそうなのかも知れない。さまざまの病いや、深まる老いと戦う。それだけでも人生の一大事業なのであろう。

それを百歳まで生き、野上弥生子《のがみやえこ》さんはいまなお現役の作家として、連載の仕事を続けている。おそらく世界にも例のない驚異的なことなので、作家仲間で集まってお祝いすることになった。

野上さんは、連載中の『森』がまとまりがつくかどうか土壇場《どたんば》に来ている、「白寿がどうだの、黒寿がどうだなんて、私にはどうでもよいことなのよ」ということであったが、そのお祝いの会に、しっかりした足どりでやって来られ、背筋をしゃんとして祝辞を聞かれた後、マイクに立って挨拶《あいさつ》された。それは、格調高い、美しい挨拶であった。

「麗日という言葉がピッタリ」などというその日の天候の描写があり、「とぼとぼと歩いている中に、ここまで年をとっただけで、まことにおはずかしいことで」といい、しかし、皆に祝われ励まされたので、さらに次の作品にも挑《いど》みたいといわれ、さかんな拍手を受けられた。

みごとな老人というか、すてきな枯れ方というか、芸術品とでもいう他ない姿であった。

百年の生涯の間には、さまざまな苦難があったであろうが、それにしても、この凜《りん》とした若さ強さの秘密は何なのか。

野上さんを担当した編集者の一人はいった。

「過去のことを話そうとしないんです。新聞をよく読んでいて、行くと次々に意見を訊《き》かれる。行く前によほど勉強しておかなくては」

別の編集者もいう。野上さんは一年の半分は北軽井沢の山荘でひとりぐらしだったが、そこで、

「ダルマ・ストーブを焚《た》きながら、三時間も時事問題についてはげしく話されたこともあります」

野上さんは大分《おおいた》県出身。ユニークな行政で評判の平松大分県知事との対談が、同県の広報誌に出ている。この席でも野上さんは、

「私ね、自分の知っていることで、こうじゃないかって思うことを、今日あなたに伺ってみようと楽しみにしていたのよ」

といい、また『森』のまとめ方について、四十ほども年下の知事に、

「あなた、答えてくれたら、私、拝むわ」

その若さ、みずみずしさ。

大分の古代史などについても語り、

「あなたもお役所が面倒になったら、こういう勉強をなさってみたら」

と、知事を苦笑させた。

新しい企業英雄

公選された社長

中曾根《なかそね》さんがまだ若かったころ、首相公選制を唱えたことがあったが、社長公選制を実施しているひとに会った。

横浜にある泰洋《たいよう》電機。創業して十六年、従業員四十人。プラスチック成型機の電子制御装置や光ファイバー関係の部品をつくる先端産業である。資本金は一三五〇万円。

創業者であり、社長である村松さんは文学部出身。しゃれた感じで、若々しく、また、いきいきしている。

「いまは社員のだれにも負けぬ力と自信がありますが、それがなくなったとき、無理して社長を続けることもないと思うと、気分がとても軽いのです」

と笑う。

社長だけでなく、四人の役員も公選制。

社員は入社後三年で選挙権を持ち、株主となる。

オーナー経営者であった村松さんの現在の持株は三〇パーセント。残りは社員たちが持つ。

株主が役員を選ぶのだから、株式会社としては当然のことといえるかも知れぬが、村松さんは三〇パーセントの持株に物をいわせない。社員同様、一票の投票権しか持たないわけで、そこが公選制というゆえんである。

公選制になってから、社長の給料は新入社員（学卒者）の一〇倍、専務は八倍、常務は七倍と決められた。

さらにミドル以下の社員の昇給についても、その考課は全員の評価によるものとし、人格・技術・勤勉度など数多くの項目について点数制で採点。

その場合も、感情的なものが入らぬように、細かく基準を定め、できるだけ客観的、公正な点数が出るようにした。

つまり、社長は人事権のすべてを全社員に委《ゆだ》ねることにしたのである。

この制度にふみ切って三年、不況にもかかわらず、売上は伸びはじめ、それまで年六億円であったものが、八億円を超すようになった。

「会社は燃えています」

と、村松さんはいう。

たしかに電話交換手の受けごたえひとつにしても、きびきびとし、しかも、ていねいなものであった。

「日々に新たに挑戦《ちょうせん》を続ける。決して満足しない」

という空気だともいう。

五十年代に入ってからは、この会社も他社同様、危機感に包まれていた。

「時代の流れが変わってきた。このままではだめだ。営業面では、もっと的確に客のニーズに応《こた》えなくてはならない。社内的には、社員全員が全能力を発揮できるようにしなくてはならない」

村松さんも、心ある社員たちも、そう考えた。

公選された社長（続）

泰洋電機の村松社長は、勉強家であった。文科系出身であるにもかかわらず、先端技術についても明るくなったが、さまざまな勉強会に参加し、テレビの経営者向番組は欠かさず見た。

そうした勉強の中から、社長公選制などの新しいアイデアが生まれた。

「信頼と感動の経営」——それが村松さんのモットーである。

全社員がお互いに理解し合い、信頼し合い、そして励まし合う。

さまざまな投票制度をとり入れてみて、社員の評価に大差がないことがわかった。よくやる人、よくできる人、だれからも高い点数をつけられ、またその評価に応えて、さらに奮励する。

若い人も「おれだって社長になれる」と、奮起する。

といって、決してとげとげしい競争社会になるのではない。むしろ人事がオープンになったことで、社内の風通しはよくなった。

その上、月に一回、土曜日を一日つぶして、全社員が集まり議論し合う。会社のことだけでなく、人間について、世相について、社会について、未来について……。お互いに知り合うことで、団結はさらにかたくなる。

それにしても、苦労して一代でつくり上げた会社である。子供に継がせなくて、惜しくはないのか。

子息の一人は運動具関係、一人は歯科と、全く村松さんとは無縁の道を歩く予定だという。

「父親としてわたしにできることは、生きて行く上のノウハウを教えてやる。それだけです」

と、村松さんはいう。

公選はまだ一回行われただけで、そのときには全役員が再選された。

村松さんとしては、当分は社長に当選し続ける自信はある。とにかく、勉強しているし、がんばっている。

だが、いつの日か……。しかしそのときは、全社員の目から見て、村松さんに勝る社長が登場するということなのだから、村松さんとしては、未練も悔いもない。

また、その日をめざして、多くの社員が燃え上り、自らを鍛え続けていることも、心強い。

「いつでも社長をやめられると思うと、気分がとても楽なのですよ」

やめた後、どうしますか。

「また新しい仕事をはじめます。やってみたい仕事が、まだ二つ三つありますから」

新しい実験の滑り出しは上々であるが、この先どんなことになるのかは、だれにもわからない。

ただし、どんなことになろうと、村松さんは、「日々に新たに挑戦し続けること」はやめないであろう。そうした性格の人だから、またこうした思いきった実験もできるのである。

十年で勝負

あなたが見こまれて、会社の再建を委《まか》されたとする。

その会社は資本金三千万だが、負債は六億。ただし、その業界全体の景気はわるくない。あなたは過去に二つの会社を立て直した実績があり、経営コンサルタントの資格も持っている。

こうしたあなたが、記者会見で、

「再建までに何年かかりますか」

と訊《き》かれたとき、どんな答え方をしますか。ふつうなら、三年、長くとも五年といった程度の青写真を示してみせるところでしょう。

ところが、その新社長は、

「十年かかります」

と答えた。

記者たちの間からは失笑が漏れた。「十年もかかれば、だれだって――」という声も聞えた。

だが、新社長はすました顔でくり返した。

「十年かけて再建してみせます」

再建のためには、急いで改めなければならぬ点と、じっくり時間をかけて直すべき点がある。早いだけが能ではない。腰をすえて、完全に立て直してみせます、という宣言であった。

事実、この新社長は四年あまりでみごとにこの会社を軌道にのせた。蛇の目《じやめ》ミシン工業の嶋田《しまだ》さんである。

嶋田さんは奥多摩に住んで居《お》られた。そこから京橋の会社まで、片道二時間半かけての通勤生活。考えただけでもしんどいのだが、嶋田さんは「これもマイペース」といいながら、悠々《ゆうゆう》と通勤し続けられた。

「物にこだわらぬのんきな性格」

というのが、嶋田さんの自己分析ではあったが。

嶋田さんは小学校中退の学歴しかないが、西鶴《さいかく》の研究者としても、随筆家としても知られている。

「大人が一年間ムキになってやれば、たいていのことは、りっぱな専門家になれます」

ともいわれる。また、「力の無い者がやるには、時間をかければいい」というのが、嶋田さんの信条である。

個人としては、果敢に一年間集中主義、経営者としては、慎重に十年間継続主義。その双方をりっぱにやりとげると、嶋田さんは早々と軽《かろ》やかに引退し、奥多摩山中の仙人《せんにん》となってしまった。

「社長と帽子は軽いほどいい」

との名言を残して。

創業者に劣らず、再建社長もまた中興の祖として権威を持ちやすい。このため、ふたたび会社を危くした例を、わたしたちは身近に知っている。

新しい企業英雄

あるアメリカの一流会社につとめていたミドルから、その会社での永年勤続は彼だけでなく、

「父やいとこの分も合わせると、一族で五百四十年つとめたことになります」

と聞かされて、びっくりしたことがある。

世界的に名の通った会社であったが、そこには、給与や待遇などとは別に、社員にとって魅力的というか、格別の引力を感じさせる空気や気風があるようであった。

同じ品物を、同じような技術と経営手法でつくりながらも、強い会社と弱い会社、栄える会社とつぶれる会社が出てくる。

そのちがいは、どうしてできるのか。

それは、経営学の理屈を超えたもの、人間的な何か、である。

社風というか、会社の気風というか、きわめて精神的なものである。

だから、これからの管理職は、ただ技術や経営のエキスパートになるというだけで

なく、そうした精神的なものを社内にみなぎらせる役割も果さなくてはならない。

そうした精神的なものを自ら体現するだけでなく、他《ほか》の管理職も使って、もり立てる。つまり、社風を象徴するような管理職を多く持つことが、強い企業には必要である。

創業者である個性の強い経営者が、そのままその会社のシンボルである、ということが、日本の企業でも往々見受けられる。

だが、そうしたあくの強い創業者が死んだ後、どうすればよいのか。代りになるシンボルはあるのか。

こうした疑問に答える本がアメリカで出版され、『シンボリック・マネジャー』と題して、わたしは訳してみた。

「生まれながらの英雄」が居れば結構だが、もし居なくても、企業はその状況に応じて、さまざまな英雄をつくればいい。

英雄を絶対かつ永遠のものとは考えず、野球のピッチャーのように、そのときどきに応じて次々に継投させ、使い分ければいい。

マンモス企業であるＩＢＭは、会社が大きくなり、社内の空気が官僚的で、のんびりしたものになったとき、

「夢見る男、虻《あぶ》のように口うるさい男、異端者を求む」

という求人広告を出した。

そうした男が「英雄」として必要であった。

そして、そうした妙な男に、いきなり四千人の従業員を預ける、ということまでした。それがＩＢＭに、創業期の若く荒々しい社風をよみがえらせることになった。

創業期の活気をよみがえらせるためには、「無法者英雄」が必要であり、創業の精神を見失わぬためには「羅《ら》針《しん》盤《ばん》英雄」を置いておくことである。あるいは、創業時に苦労した人を、役に立たなくなってからも、「御神木英雄」として残しておくことである。

新しい企業英雄（続）

マンモス企業となったスリー・エムでは、クビになった後も仕事に未練があるからと、給料も払われないのに会社に通い続けていた男を、「ねばり腰英雄」として再雇用した。

当り前のことだが、企業は人間から成り立ち、人間あっての企業である。人間はだれでも大切にされたいし、重要な存在だと思われたい。

さまざまな表彰制度も、大いに意味がある。

先ごろ、わたしはサンディエゴのホテルで、ある企業のセールスマン大会に出会わしたが、仁王さまのような大男が銀紙でつくった勲章らしいものを胸につけ、にこにこして、夫人をつれて歩き回っているのを目撃した。

つまらないように見えることが、実はつまらなくない。これからの管理職は、そうした儀式や儀礼の価値を、再認識する必要がある。

それも、ただ、しかつめらしくするだけではない。ときにはユーモアも必要である。

『シンボリック・マネジャー』に紹介されている例では、週間の成績が最低だった男に、「今週の殉職者賞」を進呈した企業の話がある。

「おまえはだめだ」などというより、

「今週はきみは殉職した。来週は、どっこい生きている、というところを見せてくれ」

と、からかいながら、やさしく慰める。

これなら、ひとはくさらない。むしろ、ユーモアによって、よみがえる。

こうした管理ができるのが、シンボリック・マネジャーである。

だめなやつは叱《しか》る、というだけの合理的管理職（ラショナル・マネジャー）ではつとまらなくなっているのが、これからの企業である。

ところで、新しい英雄ともいうべきシンボリック・マネジャーには、どういう人がふさわしいのか。

第一に、人間通であること。人間に興味を持ち、じっくり観察できるひと。そのためには、感受性をみがき、他人の言うことをよく聞くひとでもなければならない。

野鳥観察家のことをバード・ウォッチャーというが、それにならっていうなら、よきマン・ウォッチャーでなければならない。

第二に、忍耐強いひと。英雄の役割をつとめるためにも、あるいは英雄を管理するためにも、とにかく耐えねばならないからである。

第三に、淡々たる人柄《ひとがら》であること。新しい企業の英雄は、状況が変わったり、機能を果せば、たちまち不要となる。そのとき、さっと退ける人間でなくては、他人を退かせることもできなくなる。

やるときにはやるが、自らの栄達や権勢にとらわれない。それが新しい英雄である。

英雄の養成

新しい企業英雄の条件を、前節でわたしは三つ紹介した。

そのことを原著者に書き送り、意見を求めたところ、アメリカから次のような返事が来た。

そこには、わたしの三条件に加えて、次の五つの条件が列記してあった。
一、よき組織観察者であること。グループ全体の気分がいらだっているか、沈みこんでいるか等々、すばやく的確に読みとれなくてはいけない。
二、その上で、無視していいのか、いくつか刺激となるものを仕掛ける必要があるのか、それとも全社的な動きを起すべきなのか、判断しなければならない。その的確機敏な判断力が必要である。
三、要求される英雄としての役割を、みごとに演じなくてはならない。その意味では、すばらしい役者になれるようでなくてはならない。
四、役割を演じ続けるというのは、つらくて、孤独な仕事である。疲労もストレスもたまる。それにじっと耐え、自信を失わぬとともに、自分で自分を慰めることのできるひとでなければならない。

五、当然のことだが、英雄になるためには、勇気を持たねばならない。

「おれについて来い」式の単純な英雄の時代ではなくなった。

もちろん、そういう英雄も使いすてるのではなく、「御神木英雄」として飾っておく必要はあるのだが、もっともっと複雑で、高感度の人間が、英雄として望まれている、ということなのであろう。

では、そういう英雄は、どうすれば養成できるであろうか。

素質の問題もあるが、やはり経験である。

『シンボリック・マネジャー』に紹介されたＩＢＭの例では、エリート社員を客の苦情係として配置する。期間は一年間。

将来、会社幹部たるべき人間は、みっちり一年間、客の苦情や不平を聞き続けることになる。

社会との接点で、彼は会社のあるべき姿といったものを、身にしみて勉強することになる。

この点、「日本の若い社員たちは恵まれている」と原著者はいう。

日本では、エリート社員とはいっても、さまざまの現場体験を積まされるからである。若い間に、そうした体験をできるだけ多く積んだ方がいい。

それもただ漠然《ばくぜん》と体験するのではない。

現場にはあらゆる人生の材料がころがっている。その中から、自分で問題をつかみ、その問題をひろげ、深めて行くことである。

同時に、そこが生涯《しょうがい》の情報基地のひとつとなるように、そこの人々とも、深く大切につき合うことである。

地味な努力の積み上げから、英雄は生まれてくる。

新入者への掟《おきて》

「新劇」と呼ばれる演劇の世界には、幾十の劇団があることであろう。

その中には、戦前から続いているものもあれば、民芸、文学座、俳優座などの有名なものもある。

だが、どこも経営は苦しいようである。

そうした中で、戦後、まだ学生の卵の殻《から》をくっつけたような若者たちがはじめ、いまでは日本最大の劇団となり、演劇の全国公演数の半分を一劇団で占めるほどの大勢力になったところがある。

劇団四季。主宰者は浅利慶太さん。昭和八年生まれ、慶応仏文卒。

才能に溢《あふ》れた男である。時代を追うのではなく、時代に背を向け、あるいは時代に一歩先んじた華麗な作品を、次々に選び、あるいは次々に書かせて、上演してきた。

行動半径や交際範囲も広く、ときには選挙の応援にトラックで走り回ることもあった。

それだけに視野が広く、また時代というものを肌《はだ》で感じとってきた。ロマンチストである。熱っぽく語りかけてくる。前出の和田さん同様、彼に執筆をたのまれるときなど、世の中にはまるで他に作家が居ないかのような錯覚がする。口だけでなく、目も、体も、大きな全身をあげて、じわじわ語りかけてくるのだ。役者たちが彼の魅力にとらえられ、陶酔するような思いで鍛えられて行くのがわかる。

劇団四季は、また猛稽古《もうげいこ》でも有名である。それもただ芝居の稽古というだけでなく、発声法から体操、歌、ダンスまで徹底的に鍛え上げる。

稽古場のひとつが、信濃大町《しなのおおまち》から入った山中に在る。大事な公演の総仕上げは、全員そこに泊りこみ、浮世から切り離されたところで、集中的に鍛え上げようというものである。

わたしも一度そこを訪ねてみた。

川に面し、山に囲まれ、心を洗われるような環境である。温泉も引きこまれていた。岩風呂《いわぶろ》のいい湯であった。洗い場には、いくつかプラスチックの湯桶《ゆおけ》にまじって、ひのきづくりの湯桶がひとつ。小椅子《こいす》も同様である。脱衣場には、ふつうのタオルの他に、きれいな大判の湯上りタオルが一枚。

遠慮のないわたしは、ひのきづくりの椅子と湯桶を使い、大判の湯上りタオルを使ったが、後で、それが浅利さん専用であることを知った。

劇団員たちと共同生活はしていても、彼は意識して一線を画しているようであった。

劇団への入団者に浅利さんがきまって言う掟が、二つある。ひとつは、

「この世界は不平等と思え」

平等ということを考え出したら、不平が次から次へ出てきて、稽古に集中できなくなる。その迷いを頭からポンと断ち切ってしまうのだ。

自分だけの時計

劇団四季の浅利さんが、新入者にいう二番目の掟は、

「自分の時計を持て」

浅利さんらしいいい文句である。

当り前のことだが、人間ひとりひとり皆ちがっている。だから、ひとりひとりの人生がちがうはずである。早熟の人もあろうし、晩成の人もあろう。

自分がどういう人間であるかをよく見きわめて、毎日の生活においても、人生の設計においても、自分の時計に合わせて生きて行くことである。

「自分の時計」といえば、わたしは山椒魚《さんしょううお》について聞いた話を思い出す。

地球上の生物としては、山椒魚などのさまざまな両棲類《りょうせいるい》が最古のものだった。

そこへ爬虫類《はちゅうるい》が発生し、とくに大型のものが出てきて、先住者である両棲類は次々と食べられ、死滅して行った。

その中で、肉がおいしく動作が鈍くて、いちばん餌食《えじき》になりやすいはずの山椒魚だ

けが、生き残って今日に至ることになった。

理由はひとつ。山椒魚は、秋から冬にかけて卵を産む。ふつうの動物とは全く逆の季節、いちばん子育ての難しい季節である。

もちろん、子育てには苦労する。

だが、子供が育つその季節は、天敵となる動物たちが出歩かない季節でもあった。そこで彼等《かれら》は命拾いした。

つまり、山椒魚はふつうの動物たちとちがい、自分だけの時計を持ってくらしてきたから、今日まで最古の生物として生き残ることができた、というのである。

二つの掟は、どちらも浅利さんらしく、ぴりりとして味がある。もちろん、これはどんな人生にも当てはまる。

浅利さん自身も、この掟を自ら守り続けて今日に至ったのであろう。劇団四季が躍進した秘密もそこにあるのだが、さらにいまひとつつけ加えるなら、いわゆる役者馬《ば》鹿《か》といわれるほど世情にうとく、まして数字に暗かったこの世界で経理面について近代化していたことである。

浅利さんは日生劇場の取締役をつとめた関係から、保険会社からの派遣役員たちとつき合い、予算統制の何たるかを教えられた。「大道具で足らぬ金を小道具から持ってきてつかう——などというのは許されないことである。なぜなら、それは……」といった調子で、組織の運営については、数字による管理や統制がいかに大事であるかということを、浅利さんは肌のちがう役員たちと衝突をくり返す中でおぼえ、おぼえただけでなく、それを自分自身の劇団経営の中に生かすことにした。

教祖のように自信溢れる男に見える浅利さんだが、その一方で、未知のことについて謙虚であり、役立つことはこだわりなくとりこむ。劇団四季は伸びるべくして伸びた、ということであろう。

第三の道

はじめての土地を訪ねて行くには、二つの方法がある。

地図を見て自分で探して行くか、ひとに聞いて行くか、である。

経済学者のフリードマンの山荘を訪ねるとき、わたしたちは後者、つまり、それまで訪ねたことのある人々からルートや目標を聞いて出かけた。

田舎の小さな空港で下り、車を借りてハイウエイへ。さらに地方道へ下り、幾度か曲って、細い道へ入り、畠《はたけ》の中に煉瓦《れんが》づくりの小屋があるところで左折……という順序だが、その煉瓦づくりの小屋が見つからない。

山と畠が続くだけで、ほとんど人家がないところである。走り回っても、手がかりはない。

そのとき、わたしはふっとフリードマンからの手紙を思い出した。

その手紙の末尾に、山荘へのルートが書いてあったが、これは地図でもなければ、目標物もあげていない。

「高速道路の出口から××マイルのところで左折、そこから△マイルのところで右折、さらに○○マイルのところで左折……」

といった調子で、マイル数だけが書いてある。

高速道路の入口まで戻《もど》って、やり直してみた。マイル数の指示されているところに来ると、曲り角があり、その通りに曲る。

それをくり返しているうち、問題の小屋に着いた。なんと、それは煉瓦づくりではなく板壁であった。目の錯覚で煉瓦づくりにも見えるので、われわれはまちがった目標にふり回されていたことになる。

こうして、ただマイル数の数字だけを見て走っているうち、わたしたちは無事、山中の一軒家であるフリードマンの山荘にたどり着いた。

地図によるのでもなく、他人に教わるのでもない。第三の方法があった、というわけである。

秀吉《ひでよし》のいいなりになって命びろいするか、逆らって殺されるか。堺《さかい》の豪商でもあった千利休は、後者を選んで、自ら命をすてた。

やはり豪商であったルソン助左衛門《すけざえもん》も、同様の選択を迫られた。

だが、そのとき、助左が選んだのは、そのいずれでもなかった。海外へ脱出して、新天地に生きるという第三の道である。当時のだれもが思いつかぬ道であったといってよい。

そうすることで、助左は秀吉の奴隷《どれい》にもならず、命も落とさず、フィリピンに渡って悠々《ゆうゆう》とその「黄金の日日」を送ることができた。

かつてテレビで染五郎の演じた助左。夢を追って山野をひたむきにかけぬける姿が、苦しいときなどふっと思い出される……などという声をよく聞く。

彼は、人生には第三の道があることを信じ、第三の道に生きた男でもあった。どんな事態にも、第三の道がある。そう思えば、人生にも新しい風が吹いてくるのではないか。

歩け歩け

理屈の得失

友人たちが会社づとめをはじめて間もないころ、その一人が腹を立てていった。「上役には、一〇のことを一二ぐらい説明しないと、わかってくれない。そのくせ上役は一〇のことを二か三しかいわない」

不平等である。たしかに腹の立つことかも知れない。

だが、世の中とは、本来そうしたものではないか。こうした友人たちも、三十年経《た》ったいまでは、きっと一〇のことを二か三しか説明していないのだ。

この世の中に、「絶対」ということはあり得ない。「絶対に正しい」ということもない。

会話の中でも「絶対に」という言葉は決して使わないように、わたしなどは子供のころから教えられていた。

それでも、ひとはつい絶対の正しさを主張したくなるものらしい。

A家は、B家の奥にB家から土地を分けてもらった。そのとき、B家の庭先を私道として使わせてもらうという約束であった。

年が経ち、B家ではそれを約束した当主が死に、息子も早死して、孫の代になった。A家の主は老人になったが健在で、相変らずB家の庭先を当然のこととして通る。隣人同士のいくつか小さなもつれもあって、B家の当主はA老人に対して、あまりよい感情を持たなくなる。

自分の家の庭先を、当然のこととして、わがもの顔に通られることに、がまんができなくなる。「いつも済みませんが」ぐらい、たまには言ったらどうだ、と。

これに対してA老人は昂然《こうぜん》としている。先々代と約束ずみだし、絶対の権利なのだ、と。

はらにすえかねたB家の若当主は、ついに垣根《かきね》をつくってA老人を通さぬようにした。

A老人は、役所や警察に仲介をたのんだが、うまく行かなかった。

A老人が「絶対にこちらが正しい」というのに対し、B家の言い分は、「すみませんぐらいいったらどうだ」

裁判に持ち出せば、たしかにA老人の勝ちになるそうだが、A老人には訴訟するだけの資力がない。

それに、仮に勝訴したところで、その後、気持よくB家の庭先を通れるものかどうか。

理屈どおりに事が運ぶものなら、この世は人間の国ではなく、神の国になってしまう。感情が介入するから、この世はおかしく、悲しく、腹立たしく——つまり人間の世界となる。

やはり人間は感情の動物であり、理屈にとらわれていたのでは、得るべきものも失ってしまう。

昔の商人たちは、いいことをいっている。

「口で負けて、カネで勝て」

と。

感情の機微を解することが勘定に通じる、ということなのである。

心掛け一代

歴史番組の録画のため、久しぶりにNHKへ出かけた。

司会というか、話の相手役は、鈴木健二アナウンサー。名司会者というだけでなく、『気くばりのすすめ』など数々のベストセラーを出し、売れに売れているひとである。

わたしは十年ほど前に一度会ったことがある。いま当代きっての売れっ子となって、どんな風に変貌《へんぼう》をと、いささか期待というか好奇心もあったのだが、現われた鈴木さんは、十年前とほとんど変わるところがなかった。挨拶《あいさつ》も、服装も、話し方も……。

健康に気をつかってのことであろう、のむのはコーヒーでなく、オレンジ・ジュース。

口調は控え目で、聞くのと話すのとのバランスのよさ、間合いのよさ。相手を話しやすくさせるひとである。

職業柄《がら》それも当然というなら、その記憶力の良さは、これはもう職業柄うんぬんを超えて神技に近い。とりわけ、年号その他、幾桁《いくけた》もの数字を暗誦《あんしょう》して、一番組中、いくつもよどみなく言ってのけるのに、わたしは驚嘆していた。

その記憶の秘訣《ひけつ》を訊《き》くと、鈴木さんは、

「よく訊かれることなんですが」

と苦笑しながら、答えてくれた。

「記憶しないと、食って行けない。記憶することにくらしがかかっているのだと、昔から自分に言い聞かせてきましたので。ただ、それだけのことなんです」

つまり、一にも二にも、プロとしての心掛けの問題なのだ。プロの碁打ちが無数の定石をおぼえこむのも、やはり、記憶、それにくらしがかかっているからではないか、というのだ。

一にも二にも心掛け、心の在りようひとつ。それが積もれば、すさまじいほどの戦力になる。

それにしても、数字を記憶する達人というのは、おぼえた数字をまちがいなく書いて見せるが、口に出して言うと、まちがえることが多い。人間の五官はそうした構造にできているらしい。

鈴木さんのように、ぺらぺら口に出しても、なお数字をまちがえぬのは、稀有《けう》の例で、心理学者などが研究の対象にしたがっているそうだ。

だが、研究するまでもない。

答は、「鈴木さんがアナウンサーとしてのプロだから」だ。アナウンサーは、数字を書いて見せるのではなく、しゃべって見せなければならない。目で見た数字を目で再現するだけでなく、口に語らせねばならない。そこまでの作業を全うして、くらしが成り立つ。

その意味では鈴木さんは、「心掛け一代」の男とでもいうべきであろう。

録画が終わったあと、鈴木さんは、気くばりのひとにふさわしく、玄関先まで出て、深々と頭を下げて、わたしを見送るのであった。

歩け歩け

会社が大きくなれば、社長や役員が社員たちと顔を合わせる機会は少なくなる。

それを補うために、社内テレビで社長訓示を流したり、社内報などで写真入りで語りかけたりするのだが、それでも一方通行に終わって、なかなか親しみまで湧《わ》かないものらしい。

あるとき、松下の山下社長がたのまれて、従業員組合の大会で講演した。

次の日、エレベーターに乗ると、若い男女の社員たちが口々に、

「社長、おはようございます」「おはようございます」

それまでにはなかったことであった。

直接、顔をさらすことがどんなに大切かわかった。お互いにわかってるつもりだけではだめなんだ——というのが、山下さんの感想であった。

もともと山下さんは歩く男であった。

唯一《ゆいいつ》の趣味は山登り。それも本格的な登山家で、孤独を求める意味もあって、海外

の高峰に挑《いど》んできたが、社内をよく歩く男でもあった。

マレーシアの工場視察に行ったときには、下請会社までも訪ねて回り、評判になった。

歩け、歩け。平素から歩け。

歩くことの功徳《くどく》は、いまはじまったことではない。

勝海舟は、とにかく歩く男であった。馬にも乗らず、もちろん、駕籠《かご》にも乗らず、江戸の街を歩き回った。

旅に出ても同様で、見知らぬ町に来ると、二日や三日は、ただただ町の中を歩き回るのが常であった。

歩くことで、馬の上や、駕籠の中からは聞きとれない何かをつかむだけではない。有形無形のつながりが出てくる。

江戸の俠客《きようかく》の大親分新門辰五郎《しんもんたつごろう》を知ったのも、この街歩きを通じてであった。

幕末の動乱の中で、辰五郎は将軍慶喜をかばって、西へ東へと走り回る。

江戸開城の談判のとき、「もし官軍が受け入れなければ、全市中に火を放って、江戸を焦土にしてしまう」と勝は西郷をおどしたが、それはただ言葉の上のおどしではなく、辰五郎輩下の多数の俠客たちがいつでも動ける態勢にあった。

そのことが西郷にもわかった。

江戸開城は、「歩く勝」が「坐《すわ》る西郷」に歩み寄らせた一幕だともいえる。

ついでにいえば、将軍慶喜は乗馬の名手であった。洋式装備をした騎兵隊を率いて京の町を疾駆し、公卿《くげ》たちをふるえ上らせた。洋服姿の愛妾《あいしよう》を横坐りさせて馬に同乗させたりもした。

そして明治になってからは、高価な舶来の自転車で静岡の町を乗り回し、困窮している旧旗本たちの顔をしかめさせた。

「貴人情を知らず」とは、慶喜に対する世評であった。

元就《もとなり》のマイ・ホーム

戦国の雄毛利《もうり》元就が、いわば西日本における天下分け目の戦ともいうべき厳島《いつくしま》の合戦に臨んだのは、実に数え五十九歳のときである。

このとき、元就は嵐《あらし》の海に船を乗り出して厳島に渡り、けわしい山路を深夜踏破して、背後から陶《すえ》方を襲ったのであった。

元就はこの後、七十五歳まで長生きするのであるが、死の前年も出雲路《いずもじ》に攻めこみ、尼子《あまこ》との戦いを指揮している。気力、体力ともに抜群であったという他《ほか》ないが、体質は別にして、それにはそれなりの心掛けがあった。

祖父、父、兄がそろって酒好きで、酒のため体をこわしたのを見て、戦国武将としては珍しく、ほとんど酒を口にしなかった。

生活もシンプルで、簡素。

これも当時の武将には珍しく、四十九歳のときに正妻が死ぬまで側室を迎えなかった。

元就は二男三男を早々と吉川《きつかわ》家や小早川《こばやかわ》家へ養子に入れ、勢力の拡大をはかるとともに、家督相続争いの起らぬよう気をくばった。同様に、妻妾間の争いで家中《かちゆう》がみだれることもまた避けたかったのかも知れぬが、ただ用心深かっただけでなく、妙玖《みようきゆう》という名の正妻を心から愛してもいたのであろう。

妻死して十二年後になっても、

「妙玖のことのみしのび候《そうろう》までにて候」

などという手紙を書いている。

元就の居城は、吉田《よしだ》の郡山《こおりやま》城。

広島・岡山・鳥取の三県の県境に近い山深い土地に在る。

先祖代々のその城で元就は生まれ、兄の死後、二十七歳でその城主となり、死んだのもその城であった。

地方の一土豪から身を起し、一代で中国地方をほぼ制圧する大大名になったのに、彼はその本拠から動かなかった。

彼は生涯《しようがい》に二百二十六回の合戦をしたというが、ほとんどの場合、その郡山城から出撃し、戦い終われば、また、山奥の郡山城へとひきこもった。

栄えた城下町があったとはいえ、山国のことである、程度は知れている。

視野も限られるであろうし、大軍を動かすにも不自由であろう。

だが、元就には、その不自由なところが気に入ったのかも知れない。ここを攻めようとする者にとっては、さらに行動が不自由となる。周囲の地形を、元就は二十一歳の初陣《ういじん》以来、知り抜いている。そこは、いつどんな大軍を迎えても、勝つ自信のある土地であった。見知らぬ土地に巨城を構えて豪快な気分になっても、民心もわからなければ、地理も不案内とあっては、宙に浮いているような不安感がある。マイ・ホームらしい、ほんとうの心のやすらぎは得られない。

出入りには不自由であっても郡山城に戻《もど》る度に、元就は心からのくつろぎとやすらぎを感じ、英気を蓄えることができたのであろう。

大志信仰

日本には古来「大師信仰」というものがあるが、それと並んで「大志信仰」とでも呼ぶべきものもある。「大望を持て」というすすめである。

明治になってからも、外人まで動員して、「少年よ、大志を抱け」だが、この言葉を述べたクラーク博士の本意は、神のために献身し、またとないよき信者になれ、ということだったという。

わたしたちの少年時代の「大志」は、陸軍大将や海軍大将になることであった。小学六年生のとき、「将来何になりたいか」という先生の質問に、クラスの男の子たちはほとんど異口同音にそういう答え方をした。

このため、へそ曲りだったわたしは、「日本一の金持になる」と答えた。「金持」とは当時いちばん軽蔑《けいべつ》された言葉である。ただ「日本一」がついているので叱《しか》りもならず、担任の教師が妙な顔つきで黙ってしまったことを、おぼえている。

「大志」とは、本来、その程度のものではないだろうか。毛利元就が子供のとき厳島神社に参拝し、中国統一をねがった家臣の祈りを聞きとがめ、「天下統一をねがえ。それでようやく中国統一ができる」といったのは、大志信仰者がよくあげる例だが、元就は天下平定など、まるで考えていないひとであった。

元就が子孫や家臣にくり返し強調したのは、そうした大志ではなく、「天下を望むな」「高望みするな」ということであった。

元就の生涯の二百二十六回の戦《いくさ》は、大志のために起したのではなく、足もとを固め、ひろげて行く過程の中で仕掛けたり仕掛けられたりした戦いであった。

ただ、他の武将たちとのちがいは、その戦いを終生ひとつひとつていねいに戦った、ということ。

元就は謀略家として抜群だが、まず戦う前に十二分に調査し、準備し、敵の攪乱《かくらん》をはかる。敵の何倍か考え、何倍か手を打つ。

元就にも敗戦があり、自分の鎧兜《よろいかぶと》を部下に着せ身代りにして、ようやく命びろいするようなこともあったが、それは大内方に属し、自分の作戦が受け入れられないままに巻きこまれた戦いのときであった。

ていねいに戦うとは、事前に周到な準備をするだけでなく、勢いに任せて戦わないことである。勝って追撃に移るときも、元就は必ずそれ以上進んではいけない地点を定めておき、部下に厳守させた。

大望があれば、勢いにのって破竹の進撃と行きたいところだが、それよりも、目前のひとつひとつの戦いをていねいに戦い終える。そこに元就の大成の秘密があった。

自動車の中で

十五日、金曜日、雨。

車の混《こ》む条件が三つ重なって、その日の都内は、どの道路も大渋滞であった。

「わずか十一キロ走るのに、一時間半かかった」

という声などを聞いた。

だが、わたしには無縁であった。都内では、わたしはほとんど地下鉄を利用することにしているからだ。

その方が、時間を節約でき、正確に移動でき、そして健康法にもなる。

送迎の車もほとんど利用することがない。ただ、夜間の会合が終わっての帰りは、車がいい。楽だし、個室だし、電車よりも速いからである。

都心から茅《ち》ケ崎《さき》の自宅まで、約一時間。

最初の三十分は、横浜まで海沿いの道なので、窓外の夜景をたのしむ。

水に映る船の灯《ひ》、ビルの灯。羽田の滑走路の赤いまたたき。石油コンビナートの銀色の夜景、空に緋《ひ》を散らす廃ガスの火……。

横浜から先の三十分は、見聞したことなどをメモにとりながら、その日一日のことを反省する。

運転手さんが話好きのときは、ずっと話し続ける。大学出の人もあれば、町工場の経営者だった人もあって、さまざまな人生の知らなかった局面を教えられ、勉強になる。

疲れていれば、もちろん、ひと眠りする。

たまに自分で車を運転するときには、何本ものカセット・テープを持って行く。「歴史と人間」の戦国武将シリーズと幕末英傑シリーズ、それに伊藤肇《いとうはじめ》「十八史略を読む」シリーズから二、三本。

人間の耳は目とちがって忘れっぽいのか、自分で吹きこんだ話も忘れてしまっており、おかげで、何度もくり返して聞ける。

こうしたテープを聞いていると、渋滞も気にならず、早く着きすぎると、そのまま車の中でテープを聞いていたりする。

最近、ゴルフからの帰り、水上達三さんの車に便乗した。三井物産元社長で、日本貿易会の会長などして居《お》られる。

ぼんやり外を見ていると、水上さんの声。

「あ、ここは百四十一円か」

ガソリンの安売り値段が、各地でちがっている。どの地域でどう動いているか、物価の勉強になる——といわれるのだ。

「ところで、ここはどこですか」

その車がはじめて通った道だというのに、水上さんは即座に地名をいわれた。看板などから地名を読みとって居られたのだ。

若い日の水上さんには「ハヤブサの達」というあだ名があった。

すでに八十近く、しかもゴルフ帰りの車の中からも、ハヤブサの目は、生きた情報を休みなくとり続けていたのである。

電車の中で

茅ケ崎から東京まで、湘南《しょうなん》電車では一時間五分。

往路、花の美しい季節などは、ぼんやり沿線の風景を眺《なが》めたりするが、たいていは、その日の用件に関係する資料やメモを読む。

帰りは、三十分ほど目を閉じて体を休め、三十分ほどメモをとる。

坐《すわ》ると即座に眠れる人がうらやましい。

そういう習慣になっていると、きっちり一時間で目がさめるそうだが、ある夜、いつもの東京ではなく、横浜から乗りこんだところ、やはり一時間で目がさめ、小田原から引き返してきたという茅ケ崎住まいの知人もいる。

文庫版か新書版の本も一冊、ポケットにしのばせてある。退屈には読書がいちばんである。

もっとも、駅のベンチで読みはじめて夢中になり、電車が来て、あわててとびこむ。脱いでいた上着をそのまま忘れて、東京へ着いたこともあった。

評論家の渡部昇一《わたなべしょういち》さんは、大きな重い鞄《かばん》をいつもぶら下げている。中には、洋書をふくめて十冊近い本。テープ・レコーダーと、英語の国際ニュースをふきこんだテープが数本。

「これだけ持ってると、安心なんです。いきなりハイジャックされても、一週間は退屈しません」

と。

一冊だけ極めて難解な本が入れてあるのだそうだ。

それにしても、メモや読書だけでは、いきがつまる。

まして長距離・長時間、電車に乗る、あるいは、乗ることをくり返さねばならぬときには、一工夫あっていい。

なるほどと思ったのは、三和銀行会長の赤司《あかし》俊雄《としお》さんの例。

大阪・東京間を少くとも週一度、新幹線で往復するという生活だが、車中の約三時間あまりを三等分して使う。

赤司さんは指折りの読書家で、文学や哲学の造詣《ぞうけい》も深い。

だからといって、車中、目いっぱい読書をすることは避け、最初の一時間余、読書。

次の一時間余、仮眠。そして、次の一時間は、ぼんやり車窓からの風景を眺めている。

「そうしたパターンに決めている。だから、少しも退屈しないし、また疲れませんよ」

と。

吸収と休養と思索の時間が、快く調和しているということなのであろう。

長距離通勤の中でも、生活のリズムを整える。

新幹線で体は移動しているけれども、たしかな自分の人生と、自分の時間がある。

「随処に主となる」ことが禅の理想のひとつだそうだが、それぞれにその工夫をして、人生の旅路をわがものとして旅したいものである。

飛行機の中で

わたしは旅行が好きで、アメリカへも二十回ほど出かけている。

だが、五十代も半ばをすぎると、しだいに旅がおっくうになる。とくに、長時間、飛行機に乗り続けるのが、つらい。

ニューヨーク行きも、アンカレッジへ一度下りて、しばらく下界を歩くと、一呼吸つけたのだが、いまはすべて直行便となって、十二、三時間も坐り続けることになる。

年に何度も出かけなくてはならぬ人は、さぞつらかろうと思ったのだが……。

「空飛ぶビジネスマン」という言葉で、われわれがまず連想するのは、ソニーの盛田昭夫さんであろう。

ニューヨーク行きも頻繁《ひんぱん》。その盛田さんに訊《き》くと、

「直行便？　少しも苦になりませんねえ」

という。

成田から乗りこむと、すぐビールをのむ。

コップ一杯でねむくなるので、座席を倒し、「起さないで下さい」という札を出し、アイ・マスクをかけて、眠る。日ごろの睡眠不足をとり戻《もど》すように、ぐっすりと眠る。「飛行機の中がいちばんよく眠れる」とは、うらやましい。

飲食は一切断わって、眠れるだけ眠る。

その後、到着までの二、三時間は、書類を読んで、米国での仕事に備える。

ニューヨークに着いた日は、一日が終わると、深夜テニスへ行く。

そこでぐったり疲れて、またよく寝入る。次の朝からは、元気いっぱいで動き回れる。

帰りは、この逆である。

乗ると、滞米中たまった書類の整理にかかる。

こちらは時間がかかって、往路ほど睡眠はとれないが、アメリカでの仕事を日本へ持ちこまないようにするため、書類ファースト、睡眠セカンドと、往路とは逆順になる。なるほど、「空飛ぶビジネスマン」である。

空の旅といえば、時差ぼけをいかに防ぐかが、ひとつの問題である。熟睡したいために、外国へ着くと、最寄《もよ》りのゴルフ場を探して、車を着けさせ、そこで体を疲れさせる。

帰国のときは、メンバーになっているゴルフ場へ成田から直行し、たとえハーフでもいいから回った上で帰宅する、というひとをわたしは知っている。

時差ぼけ防ぎの妙手は、ホンダの河島喜好《かわしまきよし》さん。

「外国へ着くと、一日か二日以内に用を終え、時差ぼけにかかる前に、すぐ引き返す」

というのである。

理屈はどういうことになるのか知らぬが、それほど活動的だと、時差ぼけもまといつく間がないのであろう。

長々と旅をし、帰国した後も東京のホテルでぼんやりしていたりするわたしなどには、耳が痛い。

活動的、精力的な経営者たちに、ただただ感心するばかりである。

スター気分

作詞家の阿久悠《あくゆう》さんから、おもしろい話を聞いた。

「このごろは、次から次へと少女歌手というか、子供のような歌手が登場するけど、本当にモノになるのだろうか」

とのわたしの問いに、阿久さんは半ば苦笑しながらこう答えた。

「それが、いまの子は乗ってしまうんです。『きみは明日からスターだ』というと、本当にその気になって、勢いで行ってしまうということがあるんです」

阿久さんは、似たような光景をプロ野球の世界でも見た、という。

オールスター戦を見に行ったところ、攻撃のためベンチに居る選手たちの様子が、今年はいつもとちがっておかしい。

各球団から選ばれたスター選手たち。ベテランの選手が中央に坐り、新人のスターは隅《すみ》に坐っているのが、ふつうだったのに、今年は「ドカベンくん」など若手の選手が中央に陣取り、ベテランが隅に押しやられた形になっている。

それも、若者たちがとくにいばろうとしてではなく、なんとなく自然な形でそうなってしまっていた。

オールスター戦という半ばお祭りのようなのびやかな試合。各球団の混成ということで、上下関係がはっきりしない、せいもあろう。

それにしても、ベテランに遠慮するのが人情であり、昨年まではそうした光景だったのに、今年は——。そして、それがごく自然な振舞に見えたというのは、どういうことなのだろうか。

気をよくしてホンモノになってしまう少女歌手の話と重ね合わせ、このごろの若い人というものについて考えさせられた。

オールスター戦のようにすぐ終わってしまう場合、そうした若者に注意するのは、よけいなお世話かも知れぬ。

しかし、そのまま戦いが長く続く場合には、やはり若者にいっておく必要がある。

ただし、このとき、ただの叱責《しっせき》や、昔からの習慣を持ち出すだけでは、説得力が弱いし、反撥《はんぱつ》も買う。

わたしなら、こんな風にいってみたい。

「きみはりっぱかも知れぬが、ベテランの選手たちから学ぶべきことがいくつもあるだろう。プロである以上、少しでも学ぼうとすべきだし、学ぶ以上は、学ぶべき相手に敬意を表すべきである。やはりベテランには中央に坐ってもらうべきではないかね」

あるいは、次のようにもいってみる。

「若いスターのきみがプロとして今後大成する上で、いちばんの敵は、気分のおごりだ。おごりをすて、いつも初心を失わぬよう、つとめなくてはならないのに、そんないい席に腰を落ち着けたのでは、大事な初心が消えてしまうことにならないかね」

それで納得してくれなければ、無縁無用の若者と思う他《ほか》はない。

本田邸にて

先日、目白の本田宗一郎さんの邸《やしき》で、アユつりパーティがあり、今年はわたしも家内を連れて出かけた。

あいにく雨であった。降ったり止《や》んだりしていたのが、パーティのはじまる夕方ごろから本降りになった。

ほぼ定刻に本田邸に着くと、芝生に大きなテントが立てられたばかりといった恰好《かっこう》。

「降るまいと思ったけど、とうとう……。やむなく、いま立てさせたところですよ」

と、残念そうに本田さん。

テントでない方が、客はよろこぶ。そのため、祈るような気持で、用意はしてあったものの、ぎりぎりまでテントを立てさせないで居たというのであろう。

徹底して客の気持を考えてもてなす――というのが、本田さんの接客法と聞く。

アユつりパーティそのものが、その精神である。

東京ではパーティは溢《あふ》れている。料理もほぼきまっていて、招かれた客にもたのしみがない。どうすれば、いちばんよろこんでもらえるか。

折からのアユの季節。生きたままのアユを釣《つ》って、その場で焼いて食べる。それなら客によろこんでもらえるにちがいない。

それも、どこかからアユを運んできてというのでなく、そこで育ったアユなら、野趣があり、自然の釣りに近い。

本田邸の庭先に、滝のある人工の渓流《けいりゅう》をつくり、春先に三千尾の稚魚を放す。それを苦労して育て上げたものを、今宵《こよい》釣って食べてもらおう――という客にとっては、最高の趣向である。

招待状には、「リラックスした服装でお出かけ下さい」とあった。

客がその気で出かけると、他の客はほとんどフォーマル、フォーマルな服装の主人に迎えられて恥をかいた、などということがよくあるのだが、この日の本田さんは、もともとネクタイぎらいの人でもあるが、白シャツの腕まくりといったくつろいだ姿。

「やあ、いらっしゃい！」と、大声で手を上げてのあいさつ。

アユを育てるため、本田さんらしく、いろいろ研究した。水を循環浄化し、自然の川と同じように流しているが、野生のアユとどうしても一味ちがってくる。そのちがいはどこから来るか。

「洪水《こうずい》が無いからですよ。洪水は被害をもたらすのだけれども、一方では、川底や石などについていたもの、たまっていたものを洗い流す。それで川がまた生き返る。自然には無駄《むだ》なものというのがないのですね」

無数のアユが泳ぐ庭先の川に目をやりながら、本田さんはひとりごとのように続けた。

「いくら水が循環していても、ただ、きまったとおりに流れているというだけでは、だめなんだな」

本田邸にて（続）

本田技研が発展したきっかけのひとつは、まだ小さな会社のとき、外国から思いきった設備を買い入れただけでなく、その設備を仕様書で指定されている以上に酷使したことである。

もし、そのため設備がこわれるなら、どの部分がどういう理由でこわれるかを徹底的に追究した。

つまり、定められた流れに任せず、洪水を起してみた、ということなのであろう。

「メーカーの規定どおりに機械を動かしてたんじゃ、決してもうかりはしませんよ」

と、本田さんはいった。

仕事を離れた本田さんにふさわしく、招かれたのは、本田技研の客ではなく、本田さん個人の客である。

小学校時代からの旧友、同郷の人、ゴルフの選手、一部のマスコミ関係者……。

瀬島龍三《せじまりゅうぞう》さんも居られたが、臨調委員としてであろう。無報酬で、行政改革という厄介《やっかい》な仕事を進めている人たちを、本田さんらしく慰労するつもりなのだ。他にも、臨調関係のやや若い人たちが夫妻で招かれていた。

本田さんは、「土光《どこう》臨調を応援する会」をやっている。その延長上でのいかにも本田さんらしいさりげない心くばりである。

傘《かさ》をさしながら、釣糸を垂れる人たち。叫び声や歓声。やがてアユを焼く香ばしい煙が流れる。

本田さんは、枝豆を頰《ほお》ばりながら、あちらで笑い、こちらで笑わせと、屈託がない。たのしいパーティである。

雨のことも、テントも気にならなくなったのだが、それでいて、本田さんはもう来年のことを心配して、「来年は梅雨の前にやろうか」

「日本画でも、アユつりというと、簑笠姿《みのかさすがた》。アユは梅雨どきがいちばんうまいんだけどなあ」

とつぶやき思案顔。豪快なようで、来年のことまで心くばり。

余興にモチつきがはじまった。

本田さんは、ＮＨＫの磯村尚徳《いそむらひさのり》さんをつれ出し、「今日はオレが解説者だ」と脇《わき》に立って、キネを持たせる。

体格のいい磯村さんだが、慣れぬことなので最初はふらつく。次に「ゴルフ界のポパイ」といわれる倉本選手。小柄《こがら》だが、はじめから、よくきまった。

「運動神経というより、はじめ軽く反動をつけたのです。ゴルフと同じです」

と倉本さんがいえば、

「どこが同じだ?」

本田さんは目を輝かせ、ついには、ゴルフのスイング。中年すぎにゴルフをはじめてたちまち上達したという人だけに、いつまでも気が若く、研究熱心である。

パーティのフィナーレは、蛍《ほたる》の光。音楽ではない。庭に蛍を放して。憎いほど心のこもったしゃれたパーティであった。

ぼちぼちが一番

ぼちぼちが一番

落語の桂枝雀《かつらしじゃく》がブームである。

いや、それは、ブームなどというより、もっと根強い勢いを感じさせる。当然である。芸がいい。人生の年輪を感じさせる。態度がいい。ひたむきで、いやみがない。

わたしは、枝雀ファンになった。わたしだけではない。職業柄、批評眼のきびしいわたしの同業者の中にも、枝雀びいきのあまり、十巻のテープを買いこみ、夜毎《よごと》、聞いているひともある。

わたしが枝雀のことを知ったのは、つい、一年前のことである。それも、落語を通してではない。

落語家の多くがタレント化し、芸が荒れたり、だれたりしたため、ここ数年、わたしは落語に興味を失っていた。

たまたまつけたテレビで、枝雀がアナウンサーに質問されるままに、自分の芸や人生について答えていた。

「自分のことは、自分がいちばん長いつきあいやから、自分がいちばんよう知ってる」

といい、

「ぼちぼちがいちばんや」

ともいった。

いい言葉だと思った。

サラリーマンなら定年をすぎたいまのわたしが、このごろいちばん痛切に感じていることを、その言葉はぴったり表現していた。

人生あわてても仕方がない。

まわりはどうあろうと、自分は自分で、たったひとつしかない人生を大事に見つめて歩いて行く。

それも、家康《いえやす》さんのように、「重荷を負うて遠き道を歩む」などと気負うこともない。人生それほどたいしたものではない。ごく素直に、ぼちぼちと歩けばいい。また、ぼちぼちだからこそ、歩き続けられるのではないか。

ぼちぼちとは、ともかく、前に向かって歩いていることである。自分のペースで歩き続けているということである。

マスコミの脚光を浴び、ライバルに負けまいと、急成長し、急破綻《はたん》して行った数多くの人たちを、わたしは思い浮かべずには居《お》れない。それは、マスコミの世界でも、また経営者の世界でも、同様であった。

川上哲治さんは、勝つためのゲーム展開としては、

「切れてはいるが、つながっている感じが大切」

という。これも一種の「ぼちぼち」ではないか。

経済学者ワルラスが好んだという言葉がある。

「静かに行く者は健やかに行く。健やかに行く者は遠くまで行く」

わたしもこの言葉が大好きで、ひそかにこれまでの人生の支えとしてきた。これからもそうして行きたい。

うらやましい悟り

ふたたび枝雀について。

落語家には珍しく、彼は神戸《こうべ》大学文学部中退、それに、芸についての悩みからノイローゼになった時期がある。客についての悩みといってもよい。

客の飽きっぽさや、いいかげんさ、鑑賞力のなさ。よいものがわかってくれない。まともな努力が通じない。

真剣に考えれば考えるほど腹も立つし、ばかばかしくなる。情けなくもなる。長い悩みだったようである。

そこを彼はようやくぬけ出した。客について期待を持たない。むしろ、あきらめる。

「お客さんは、いまこちらを向いてくれてても、すぐまたあちらを向く。そういうものなんや」

と。

それでいて、客を相手に生きねばならない。そこをどうするか。

枝雀の本名は、前田達。客席の最前列に、その達ちゃんが居て落語を聞いている、と考えることにした。

最近の週刊誌の対談で、枝雀はいう。

「人さんちゅうものは、どこでどう面白《おもしろ》がるもんかわからんのやから、それなら、まず自分を人さんにしよう、自分が面白がることをやってみよう、と」

達ちゃんさえ面白がればいい。それなら焦点がはっきりしており、そこで悩みがふっ切れた、という。

もはや、他人を楽しませようと緊張することはない。「ああ仕事やな、お客さん前にして何とかうまくやらななならんな」などと悩むこともない。批評家のいうことも気にしなくてすむ。

逆に、自分が達ちゃんになって、今日は枝雀がどんな面白い話をしてくれるかと、たのしみにして出かけて行く。

仕事がたのしいだけでなく、枝雀と達ちゃんとの間を自由に往来して、生涯《しょうがい》退屈しないだろう、とまでいう。悩み抜いた後だけに、うらやましいような悟りである。

枝雀の理想は、ニコッと笑って坐《すわ》っているだけで客がよろこんでくれる落語家になりたい、という。

それには、落語家の顔が和やかで、きげんのよいものでなくてはならない。できれば、「ベタ一面のきげんよさ」の顔に。

顔は生活の反映であり、きげんのよいくらしをしていなくてはならない。だから、トラブルのもとになるような賭《か》け事や女遊びはしない、という。

女遊びや賭け事は芸のこやしだといい、名人ぶっていたこれまでの落語家たち。「これが名人芸だ。それがわからぬのか」といわんばかりの思い上った芸風。

そうしたものは、もはや通用しなくなっている。考えてみれば、これまで通用していたことがおかしい。結局、客の目は正しかったということなのだろうか。

人間通の勝利

強さの秘密ということで、もう一度、毛利《もうり》元就《もとなり》に触れてみたい。

父や兄が酒のため体をこわしたのを見てきたため、元就は酒をたしなまなかった。

だが、いつも、酒と餅《もち》の両方を用意しておいて、家臣と会った。

自分が酒をのまぬからといって、餅ばかり出しはしない。酒好きの者には酒を、餅好きには餅をと、相手の立場に立ってもてなしてやる。

そうすれば、家臣は気分よくして、親しんでくれ、本音を話してくれる。

人間の心というものを、よく知っていた元就である。

厳島《いつくしま》の合戦を見ても、元就の人間通が勝利に貢献している点が、いくつかある。

元就はまず謀略によって、陶《すえ》の大軍を厳島へおびき出した。

この謀略は、人間の心理をたくみに利用して二重三重に仕掛けたものである。

厳島は、両軍ともに崇拝しており、その神域を血で汚すことなどあり得ない。神域は戦場にはなるまいと、陶軍は思いこんでいた。

その裏をかいて、攻めこんだ。

さらに、その夜は、たいへんな嵐《あらし》であった。気味のわるいような雲行き、雨と風で、船頭たちは「凶兆」だからと、船を出すのをためらったが、

「こういうときこそ――」

と、元就は進撃を命じた。

敵方の陶軍は、無防備に近かった。

それどころか、海の様子がただならぬ、「今夜は不吉な夜だ」というので、全軍、早々と幕舎に入ってしまった。

合言葉も、気合いがちがっていた。

陶軍が「海」に対して「月」といったようなものだったのに対し、毛利方は「勝つ」に対して「勝つ」。

また、元就は出発する将兵に、三日分の糧食しか携行させなかった。三日で必ず勝つ、という暗示になる。

暗夜、厳島に着くと、元就は軍船を直ちに引き返させた。

とすると、もはや逃げ帰ることはできない。「生きるためには勝つしかない」と将兵は覚悟を決めざるを得なかった。

この戦いのキャスティング・ボートをにぎったのは、村上水軍が陶・毛利のどちらにつくか、ということであった。

両軍ともに、村上水軍へ応援を求めた。

当時の勢力からすれば、陶が圧倒的に優勢なのだが、陶のたのみ方がよくなかった。ごく漠然《ばくぜん》と「助勢を請う」というたのみ方であった。

これに対し、毛利方はたのんだ。

「一日だけ加勢してくれ」

一日で勝負をつけてみせる、というきっぱりした自信の表明であった。

その心意気がいい。村上水軍は毛利方につき、勝負はきまった。

少し弱い頭がいい

「頭は少し弱目がいい」

というのが、作家の渡辺淳一《わたなべじゅんいち》さんの説である。

頭がいいと、いろいろなことに気がつき、気が回り、また先行きのことをあれこれ計算したりして、一事に集中しない。

少し頭が弱目な方が、その道しかないとあきらめて、いい仕事ができる。

歌手の世界でも、それがいえる。

本当にうまい歌手というのは、たとえば紅白歌合戦の司会などできない。やらせれば、大混乱に陥るであろう。

男女ともに、いちばんうまい歌手は、頭が少し弱目の人なのだ——。

渡辺さんは、ここで、その男女の歌手の名を挙げた。

わたしは歌には全く関心がないので、その名をおぼえていないが、同席して聞いていた人たちは、「なるほど！」と大きくうなずいた。

頭が少し弱目ということは、鈍いということであり、細かなことに気をつかってくよくよすることがないということである。

エリートは、とにかく自分を完全と思い、また完全を期待するので、何か失敗かショックを受けると、大きくくずれやすい。

拳闘《けんとう》の選手でも、鋭いパンチを持っている男よりも、そうした格別の利器はなくても、打たれても打たれてもなお倒れない男の方が、チャンピオンになる確率が高い、という。

「打たれ強い男でないと、これからは生き残れなくなる」

というのが渡辺さんの持論である。

栗田《くりた》工業創始者の栗田さんから、似たような説を聞いたことを、わたしは思い出した。

日本の軍艦は大艦巨砲主義。とくに装甲板を薄くし、兵員の局住区を狭くしてでも、とにかく大きな大砲を積む、というのが特徴であり、自慢であった。

だが、実際の海戦になると、居住区が狭いため、兵員は疲れているし、装甲板が薄いので、敵弾を受けると、簡単に穴があき、沈んでしまう。

アメリカの軍艦は日本とは逆。だから、兵員は体力気力とも十分だし、二発三発食らおうとも、容易に沈まない。

結果は、打たれ強いアメリカ軍艦の勝ちとなったというわけである。

渡辺淳一さんは、自らも打たれ強い男であることを、先日、文壇ゴルフで実演して見せた。

その日は途中から、はげしい雷雨となり、何人かは途中で引き揚げ、何人かはプレーを中断した。

果して、雷はそのゴルフ場を直撃。五番ホールの杉《すぎ》の木に落ちた。渡辺さんはそのとき七番でプレーしていたのだが、そのまま悠々《ゆうゆう》とプレーを続け、全員スコアをみだしている中で、圧倒的な差をつけて優勝したのである。

打たれ強さの秘密

それにしても、渡辺淳一さん自身がどうして打たれ強い男なのだろうか。

わたしの岡目《おかめ》八目としては、こうである。

渡辺さんは北海道出身。彼にいわせれば、「雪は悪魔」だという。その悪魔におびやかされ、苦しめられて育った。

エアコンその他の近代的設備のなかった冬は、一日一日が人間生活にとって苦役であり、外に出れば事故や凍死の危険が待ち伏せている。

苦しみや不安は、しかし、人間を鍛え、北国人特有のねばり強さを生む。

渡辺さんは、将棋も強いが、それも相当なねばり強さである。

いつか外国へ旅行したとき、機内で将棋を指しはじめ、九分《ぶ》九厘《りん》は負けと見られていたのを、「あと三十分で着陸します」のアナウンスが出た後、ふつうならそこで投了するところを指し続け、逆転勝ちしてしまった。

次に、渡辺さんは医学を学び、外科医としての生活を送る中で、数多い死に立ち会ってきた。

そして、「死ねば無でしかない」ことや、人間がいかに無力な存在であるかを、実感してきた。

そこから逆に、人生の原点が常に死であると思えば、少々の挫折《ざせつ》など何でもない、ということになる。

医学から渡辺さんはもうひとつの土産をもらっている。常に基本に忠実——ということだ。

渡辺さんがゴルフにも強いのは、ひとつにはそのせいだ。クラブの選択をはじめとして、すべての動作が一々プロに教わった通りなのだ。決して手ぬきをしないし、気まぐれに打たない。

気ままなゴルフばかりしてきた文士仲間はあきれていう。

「そりゃそうだ。医者が、メスをとり代えるのはめんどうだ、ハサミで切っちゃえ、などとやったら、たいへんなことになるからなあ」

渡辺さんはまた恋愛小説の名手であり、女性に詳しい。それでいて、渡辺さんは、

「女の心というものは、本当のところは最後までわからない」

という。また、

「女性は血や痛みによく耐える」

ともいう。

それは、ただ異性についてだけでなく、どんな人間の中にも、強みや、不可知のものがある、という見方なのではないか。

「あいつはあの程度の人間だ」と決めつけてしまうことから、多くのまちがいが生まれる。「あの程度の人間」の中にも、やはり強みや不可知のものがある。

おそれる必要はないが、そうした現実から目をそらさぬ方がいい。

味方をつくる

「寅《とら》さん」の愛称で親しまれているゴルフの中村寅吉プロ。カナダ・カップに優勝するなど、日本を代表する強豪だったが、同時に、その明るく屈託のない人柄《ひとがら》からも、人気の高いプロである。

思いきったことをずばずばいい、がらがら声。肩をゆすって笑うなど、いかにも豪快だが、実際に会って話してみると、別の魅力を感じさせる人でもあった。

「ゴルフは孤独な勝負だ。できるだけ味方をつくるように心がけている」

と、寅さんはいう。

コースを回っていて、草むしりをしているおじさんにも、声をかける。すると、次に回ってきたとき、おじさんたちが無言の応援をしてくれる、という。

ふだんコースを回っているときも、有名プロだというので、お客さんの組がパスさせてくれようとする。

寅さんは、それを断わる。

「お先へどうぞ。わたしらはゆっくり行きますから」

と。そうした心くばりが、寅さんのファンをふやし、会ったことのない人にも、人柄のあたたかさが伝わって行く。

逆のケースは、政界のニューリーダーの某氏。

あるゴルフ場でスタートする直前、この某氏がいきなり声もかけずに割りこんで、先行して行った。有名な俳優といっしょだった。

わたしのパートナーは温厚な人だったが、はらにすえかねていった。

「いったい、あいつは何者だ」

わたしは、こんな人が日本のニューリーダーなのかと悲しくなった。

味方をつくることで抜群だったのは、森矗昶《もりのぶてる》氏。わたしの『男たちの好日』のモデルで、昭和電工などを興した事業王である。

森氏の口癖はこうであった。

「うちは三井、三菱《みつびし》とちがう。日本中の人にお客さんになってもらわなけりゃ、やって行けない。一人でも多くの人に、味方になってもらうことだ」

どんな客でも大切。いや、ふれ合う人すべてに客になってもらおう、という心がけであった。

就職試験を受けてきて不合格となった学生たちにも、森社長は一々出かけて行って、頭を下げて話しかけた。

「残念なことに、この度は縁がなかった。まことに申訳ない。来てくれたきみたちの気持を、いつまでも有難《ありがた》く思っているよ」

と。

このごろは、採用側に、かなり横柄《おうへい》というか、高飛車の面接委員が居る、と聞く。不合格者を味方とするか、敵に回すか。

些細《ささい》なことも積み重なれば、企業の運命もかなりちがってくるはずである。

ざっくばらんの強み

東大などの一流校を出て、中央官庁に就職したエリート中のエリートの自殺が、ときどき伝えられる。

不満があったり、挫折があったりしたところで、前途洋々の身である。少し辛抱さえしていれば、楽々と天下の大道を歩いて行けるのに——と思うのだが、やはり死を思いつめる他《ほか》なくなるのであろう。

なぜ、そうなってしまうのか。

ひとつは、彼等《かれら》の育ってきた環境による。つまり、子供のころから、友人を選び、学校を、師を選んで、その他のつき合いをしない。

知的に劣ると思った友達も、つき合ってみれば、思いがけない魅力がある。教育、とくに受験教育に練達とはいえない教師にも、人間としてすばらしいよさがあったりする。

どんな人間にも深くつき合えばよさがあるのだが、深くつき合うとか、つき合いに耐えるという習慣を身につけないまま、大人になってしまった。

就職してみると、同僚も上役も、自分で選んだ人間ではない。内心、知的に劣ると思った人たちが居ても、じっと耐えて行かねばならない。そのことがやりきれなくなる。

次に、エリート中のエリートであるだけに、自分の仕事に完全を期待する。ノン・キャリアのベテランに教われば簡単にわかることまで、自分ひとりで解決しようとする。

人間は万能ではなく、いくらエリートでも大学では習わなかった官庁事務については、ただ考えてわかるわけではない。

だが、エリートの誇りが、助けを求めることを許さない。

とにかくひとりで抱えこみ、ひとりで悩み続ける。そのうち、

「この程度のことも、自分にはできないのか」

と、誇りや自信が打ちくだかれる。そこで助けを求めればいいのに、とにかく自分でやってしまうと、その成果について、完全主義者だけに採点がきびしく、自らに絶望してしまうという構図である。

「なまじっか学校に行っていると、裸になって人に聞けない。そこで無理をする。人

に聞けばすぐにつかめるものが、なかなかつかめない。こんな不経済なことはない」と、本田宗一郎さんはその初期の著書『ざっくばらん』でいっている。

「僕《ぼく》の特徴は、ざっくばらんに人に聞くことができるということではないかと思う」とも。

本田さんは、聴講はしたけれども、正式に学校は出ていない。学歴がないということで、かえって、だれに対しても、こだわらずに、ざっくばらんに聞くことができ、ひとつにはそのおかげで今日あるというのである。

打たれ強くなるための工夫以前の工夫のひとつであろう。

配転ははじまり

左遷の中から

主流の仕事でなく、日の当らぬ不本意なポストに回されたとき、どう生きるか。

中山素平《なかやまそへい》さんは、興銀に入行したものの、最初の三年間は経理課に配属された。配置転換を申し出るよう仲間にすすめられたが、中山さんはそうしなかった。

「どこへ行けといわれても、一切『ノー』といったことがない」

それが、中山さんの人生であった。

伊藤肇《いとうはじめ》さんの『左遷の哲学』では、

「ボクは与えられたポストで何かを身につけて行くのがボクの生き方だったから、いっこうに平気だった」

という中山さんの言葉が紹介されている。

どこに居ても何かを身につける——そうした姿勢でありさえすれば、その人にとって、左遷というものはあり得なくなる。

同時に、地位に対しても綿々とした未練を持たない。頭取から、代表権を持たぬ相談役へという中山さんの退き方は、みごとなほど鮮やかであった。

東芝の岩田《いわた》弍夫《かずお》さんが、社長候補の役員から一転して子会社の子会社へ出されてしまったことがある。

血の熱い岩田さんは、会社を辞めようと思ったが、次に考えたのは「自分はしょせんサラリーマン。サラリーマンを辞めて自分に何ができるか」ということであった。

岩田さんは配転先に赴き、黙々とその仕事に打ちこむ。『左遷の哲学』では、

「おでん酒　すでに左遷の　地を愛す」

「熱燗《あつかん》や　あえて職場の　苦はいわず」

との句境になったと紹介されている。

岩田さんは、そうした句は作らなかったといわれるが、気持は十分に伝わってくる。

日本信販創業者の山田光成さんは、令息の結婚式を帝国ホテルで華やかに営んだが、その翌日、子会社のジェット・エア・サービスがツアー客を斡旋《あっせん》したトルコ航空機が墜落。その遺族を急ぎ同じホテルへ世話することになった。

同社は航空会社でもないのに、トルコ航空の支店が日本になかったためもあって、代ってすべての矢面《やおもて》に立たされることになった。

山田さんは若いときから禅に打ちこんできた。その禅では、人生は「寸前暗黒」と

教えられた。

明から暗へ。まさに寸前暗黒であった。

このとき山田さんは、

「災難に遇《あ》う時期には災難に遇うがよく候《そうろう》。死ぬる時節には死ぬるがよく候。これはこれ災難をのがるる妙法にて候」

という良寛の言葉を思い出し、難にまともに取り組むことこそ、息子夫婦への引出物になると考えた、という。

宗教を経営に持ちこんではならないが、宗教心のある経営者には、一種の打たれ強さ、芯《しん》の強さがある。真先に総会屋と対決した花王石鹸《せっけん》の丸田《まるた》芳郎《よしお》さんにも、行革に当たる土光《どこう》敏夫《としお》さんにも、そのことがいえると思う。

配転ははじまり

ピッチャーが二度三度打たれ、監督が出てきて、ピッチャー交代を告げる。ピッチャーは口惜《くや》しそうに、グローブを地面にたたきつけ、未練たっぷりに去る。よく見かける光景である。観客は、ごくありきたりのこととして眺《なが》めている。そこで交代させられず、その後、なお連打を浴びて、泣きそうな顔でさらしものにされ、再起不能になってしまうよりは、はるかに適切かつ温情的な采配《さいはい》だ、と理解する。

企業の配転人事も同様ではないか。赤字が出れば、さっとクビをすげかえる。一見ドライなようだが、「それはむしろウエットな人事だ」と、松下の山下俊彦《やましたとしひこ》社長はいう。

「赤字が出たときでは、むしろおそすぎる。本当は、その前で代えてやった方がいい」とも。

西武の堤義明《つつみよしあき》社長の降格人事も、よく知られている。だが、これも、実情はドライというより、ウエットというべきかも知れない。

「二度三度と同じ問題を起したときに、降格させる。だが、その後、当人がどうしているか、じっと見守っている」

と、義明さんはいった。

配転や降格によって、当人は、「わがこと終われり」と落胆したかも知れないが、しかるべきトップたちは、むしろそれが新しいはじまりと見ているのだ。

そこで絶望して、落ちこんでしまったり、やけになっては、そのときこそ、本当の終わりが来る。

わたしの友人の幾人かも、長いサラリーマン生活の中で、次々に不遇と思われるポストに移された。

地方都市へかなり長い期間、すえ置かれたひともある。

ただ友人たちはその時期をそれぞれ恰好《かっこう》の充電期間としたようで、一回りも二回りも大きくたくましく、安定したものを感じさせる姿になって戻《もど》ってきた。赴任するときの姿がうそのようであった。

その友人たちが名配球ぶりを見せるのを、わたしは外野席からたのしんでいる。

人にはそれぞれ才能や能力のちがいがある。仕事への適不適ということが出てくる。

それに、たとえ適した仕事であっても、勘が狂うこともあれば、気力や体調が整わぬときもある。神でもスーパーマンでもない以上、それは避けられないことだ。

そのときには、一休みさせてもらうか、場を変えてもらった方がいい。降格や配転は、その意味では、むしろ救いではないのか。少くとも、ピッチャーの交代以上の意味はない。

降ろされたピッチャーが、ベンチに入ってからも、椅子《いす》を蹴《け》とばしたり、あるいは、がっくりうなだれ切っているのはどうであろうか。

一息つきながら、続行されているゲームをじっと見守り続けること。その姿に、監督は新しい期待の芽生えを感ずるはずである。

二つのとき

ゴルフ場で前を行くTさんの足もとがおかしい。宙をふわふわ漂って行くような感じである。

打つ球も、いつもとちがって、とばない。

「どうも力が入らないんだよ」

と、Tさん自身もこぼす。

顔の色艶《いろつや》までなくなり、体も顔も一回り小さくなった感じで元気がない。

理由は、はっきりしている。

糖尿病を治すため、Tさんが減量をはじめたからで、いつもより四キロ体重が減った。そのせいなのだ。

もちろん、減った体重にふさわしい体型や体力がかたまれば、より健康になるのだが、とにかく、当座は四キロ減らしただけで、これだけ影響が出るのかと思わせるほど、元気がなかった。

わたしは、別の人のことを思い出した。

その人は、健康体であったにもかかわらず、十六貫あった体が九貫目にさせられてしまった。

体重の四十四パーセント、二十六キロの減量を強《し》いられたわけだ。

元気を失うどころか、半病人、いや餓死寸前のつらさであったにちがいない。その人は気力だけでその状態に耐え、生きのびた。

その人の名は、稲葉秀三。経済評論家で、産経新聞社の社長でもあった。

稲葉さんは、戦前、切れ者の官僚の一人として企画院につとめ、いわゆる企画院事件に巻きこまれて、牢獄《ろうごく》生活を体験させられた。

もともと軍部による弾圧だっただけに、拷問《ごうもん》その他、きびしい虐待《ぎゃくたい》で、待遇も最低であった。

獄死してふしぎはなかったし、事実、死者も出た。軍部はむしろ獄死することを望んでいたのかも知れない。

その中で、稲葉さんはどう生きたか。

もうじたばたしない。あれこれ考えない。平凡なことだが、「成るようにしか成らぬ」と、一切をあきらめ、天に任せた。おかげで、気分だけは楽だった。

「長い人生には、幾度かそういうときがある」と、稲葉さんはいう。「そのときには、成るようにしか成らぬと、はらをくくることです」

絶望するのではない。観念するのである。

ただし、同じように難しい局面だが、あえて命がけでも挑戦《ちょうせん》すべき局面が、やはり、人生には何度かある。

そのときは稲葉さんは、「いま、ここ」と、自分にいいきかせた。「いま、ここで立たなければ、人生の意味はない。全身全霊をあげてぶつかろう」というのである。

「成るようにしか成らぬ」ときと、「いま、ここ」というとき。

その二つをはっきり見分けていずれも、はらをくくって対処してきた。そこに稲葉さんの今日が在った。

鹿之助《しかのすけ》の男ぶり

「歴史上、打たれ強い男はだれか」といえば、わたしなどは真先に山中鹿之助を思い出してしまう。

主家尼子《あまこ》家のために、勇戦奮闘するが、やがて尼子が滅んだ後もなおあきらめず、

「ねがわくば七難八苦を我に与えたまえ」

と、寝静まる山野の中で、ひとり月に祈り、三日月をつけた兜《かぶと》をつけて、ふたたび主家再興のために苦しい戦いをはじめ、ついに、そのため命を捧《ささ》げるという話を、小学校の国定教科書でたたきこまれ、忠臣蔵とならんで、忠義の代表、日本人の鑑《かがみ》のように思われた男である。

彼が、ねばり強い忠臣であったことは、事実のようである。とくに、一騎打ちに強い武勇すぐれた男でもあった。

このため、他家がしばしば高禄《こうろく》で召し抱えようとし、また、帰順もすすめられたが、彼は断わり通した。

海音寺潮五郎氏によれば、このころはまだ忠義という観念はかたまっていなかった。他家へスカウトされようという家臣に、鹿之助は、

「侍の身は渡り者でござれば、それも無理からぬこと」

といっていた、という。

それでいて、なぜ鹿之助自身は忠義に徹したのか。

それは、観念というより、鹿之助の男の美学によるものであったようだ。

海音寺氏の言葉を借りるなら、「男としてみごとに生きよう」という姿勢である。

人生はただ一回限りで、やり直しがきかない。それならどう生き通すか——ということが、彼にははっきり見えていた。それは義務感とはちがうし、また、理屈や損得以上に強いものであったはずだ。

それに理屈や損得は、負かされたり、奪われたりするが、だれも姿勢を奪うことはできない。

海音寺氏は、鹿之助の「男ぶり」について、別のエピソードを紹介している。

鹿之助が浪々の身のとき、一時、明智《あけち》光秀《みつひで》に身を寄せていた。

その家臣の一人が鹿之助と親しくなり、ある日、その家に呼ばれることになった。

ところが、その同じ日に、光秀から、「風呂《ふろ》をたてるから」と招待があった。当時、

風呂に入るというのは、最高の贅沢《ぜいたく》であった。まして光秀からの招きである。その家臣との約束などとり消していいのに、鹿之助はそうしなかった（光秀もまた人物であった。怒りもせず、この家臣の家へ御馳走《ごちそう》の材料を届けさせた）。

わたしは、こうしたところに、鹿之助の美学とともに強さを感じる。生き方がはっきりしていて、不動である。権力や贅沢に心ゆらぐようでは、打たれ強い男になれるはずがない。

赤字の海の中で

経営が完全に行きづまり、倒産を明日に控えた会社へ送りこまれた。

立て直しを命じられたが、赤字の海である。手のつけようのないところだが、W電気に入った山下俊彦《やましたとしひこ》さんは、四つのことを心がけた。

「第一は、経営がどうなっているかを、正確に全従業員に知らせる」

「第二は、ポストと関係なく、本当に力を持っている人を社内で見つける」

「第三に、思い切った人事をする」

当然、はげしい抵抗があり、反撥《はんぱつ》もあるであろう。これに耐えるためには、「第四に、そこに骨を埋める覚悟をすること」

である。第四というより、むしろ、第一の心得というべきかも知れない。

山下さんは、みごと、W電気を立て直し、本社へ戻《もど》った。

本社では、今度は不振だったエアコン事業部を立て直し、業界トップのシェアを奪いとった。

飯塚昭男《いいづかあきお》『山下俊彦の挑戦』によると、山下さんが大松下の社長に抜擢《ばつてき》されたのには、五つの理由がある、という。

ひとつは、このエアコン事業部を伸ばしたこと。

また、ひとつは、松下の労働争議を泥《どろ》まみれになって解決したこと。しかも、それらのことを少しも自慢しないこと、であった。

他《ほか》は、「十年やれる若さであること」「常に健康に留意していること」「ズケズケ物をいうが、それでいて悪感情を持たれぬこと」だったという。

理由は色々だが、底を流れているものはひとつである。つまり、私心がないことだ。

わたしが『男子の本懐』で描いた浜口雄幸首相は、

「男が事を為《な》すに当っては、終始一貫、純一無雑でなければならぬ」

との信念であった。無私ほど強いものはないのだ。

赤字の海も、「私」があれば、こわくて飛びこめない。飛びこんでも、もがきにもがいて、いよいよ危機を招くばかりである。見えるものも見えなくなる。

「私」があるために、その私さえ失う結果になる。

才能があり、実績もあり、人当りもいいのに、部下に人気のない人がある。「あの人を担《かつ》ぐ気にならない」と。

訊《き》いてみると、その人は「おれが」、「おれが……」というタイプなのだ。口に出さなくとも、つい態度に出る。わるい人ではないのだが、部下としては「勝手にしろ」といいたくなるらしい。

「裸にて生まれてきたに、なに不足」と、毎日、念仏のように唱えてみても、だめなのだろうか。

正論に賭《か》ける

Z社は、特許を持つ技術によって、その業界では、圧倒的な強みを持って、繁栄を続けていた。

ところが、その特許の期限の切れる日がやってきた。Z社としては、大きな打撃である。

そのとき、社内に何が起ったか。

どれだけの打撃を受けることになるか、あらかじめ十分な予測を立てていた。

だが、実際のインパクトは、その予測以上のものとなった。過剰反応が起った。

人間の心理として、不況のときなど、現実の打撃以上に悲観してしまう。悲観の誤謬《エラー・オブ・ペシミズム》が起る——といったのは、経済学者のケインズだが、物的にも精神的にも、必要以上に打ちのめされた。

実際には、すでにこの特許に関係のない技術が他社で開発され、そのため市場を奪われかけていたのだが、それまではそのことを甘く軽く見ようとしてきた。そのことへの反動もあった。

いちばん問題だったのは、それまでの自社の技術そのものまで過小評価するようになり、会社の前途について投げやりな態度を見せる社員まで出てきたことである。

つまり、社員が当事者として受けとめるのではなく、お客さんというか、評論家のようになってしまったのだ。

こうして打たれた状態から、Z社はどうして立ち直ったのか。

トップの勉強と決断といってもよい。同業の二流メーカーで似たような状態から、TQCを導入することで立ち直ったところがある。

トップはTQCについての資料をとり寄せ、綿密に検討した。

その結果、Z社でもTQCをとり入れることにした。

「うちがいまさら下位会社のまねをするなんて……」

という反対論もあった。たしかに面子《メンツ》からいえばそうかも知れなかった。

だが、トップは面子にとらわれなかった。むしろ、初心に戻った。そして、ゴー・サインを出した。

社内の空気がおかしくなった。それを直すためには、社内のすべてを全員で総点検する他はない。それには、TQCが効果的な一つの方法である——という判断であった。

正論である。さまざまな思惑を払いのけて、果敢に正論に賭ける。組織が打撃から立ち直るには、こうした骨太な原則を実行する以外にない。トップをはじめとして全社一丸になってTQC運動がはじまり、デミング賞を得るところまで、徹底した。

業績は回復し、Z社は力をつけて、ふたたび安定軌道に乗っている。まるで何事もなかったかのように。

敗者復活

比喩《ひゆ》を考えるのは、創造力を養うのに役立つ。そこで「あなたは人生を何にたとえますか」という問いかけが、イークの『頭にガツンと一撃』の中に出てくる。

答のひとつに、こういうたとえがあった。

「人生はエレベーターの動きに似ている。上り下りが頻繁《ひんぱん》であり、いつも誰《だれ》かがあなたのボタンを押している。底まで行くこともあるが、ほんとうに厄介《やっかい》なのは急な動きである」

うまいたとえである。

ところで、この人生エレベーターが突然、急に底まで落ちたらどうなるのだろう。

そうした目に遭った人の一人が、和田勇さん。日系移民の子で、苦労して六店のスーパーまで持つ身になったのに、戦争のためその店のすべてを失い、奥地の鉱山へ強制的に連れて行かれた。

奈落《ならく》のその底から、しかし、和田さんは這《は》い上った。「与えられた環境でよりよく生きよう」という哲学で。

戦後、ロサンゼルスへ出た和田さんは、多くの日系人たちが小さくなっている中で、まず、アメリカ人に進んで話しかけることにした。「よりよく」とは、「積極的に」とか、「少しでも前向きに」ということであろう。

次に、「すべて正直」にと税金なども正しく申告して納税し、わからないことはその専門の人にすべて任せることにした。

さらに、「骨惜しみしないこと」。ふたたびスーパーをはじめたが、少しでも新鮮な野菜を手に入れるためにと、早朝二時から仕入れに出かけた。

こうしたことの積み重ねで、和田さんは二十六店のスーパーを持つ身になり、四つの老人ホームをつくり、オリンピック委員として活躍するなど、マスコミの脚光を浴びる人ともなった。

三菱《みつびし》商事の三村社長は、若いとき、魚の仕入相場で失敗した。

そこで三村さんはまずマージャンをやめた。相場は各地から集まるデータを判断すればいいのだが、それだけでなく一々、魚市場へ足を運ぶことにした。魚にさわると、相場の勘までちがってくる気がした、という。骨惜しみをしない功徳《くどく》である。

こうして三村さんは、相場の損失をとり返したのだが、うれしそうにそれを上役に報告すると、「とり戻しただけでは、タダ働きということじゃないか」と、上役にガツンといわれ、またまた心を入れかえての精進を続けることになった。

三村さんだけでなく、大手商社のトップたちは、口をそろえていう。

「商社とは、敗者復活の連続なんですよ」

と。そしてまたつけ加える。

「どんなことがあろうと、元気がなくなったら、商社マンはおしまいです」

三本の柱

新聞の社会面のトップに、「テクノストレスで自殺」という大見出しの記事が出ていた。

一流電機メーカーのエリート社員が、プログラマーとしての仕事に行きづまって、自ら死を選んだ、というのである。

プログラマーだけではない。コンピュータを利用する広範囲の人々に、この危険がしのび寄っている。そのことを豊富な事例で示してくれるのが、ブロードの『テクノストレス』である。

そこには、極度の緊張と集中を強《し》いられるあまり、テクノ依存症やテクノ不安症となり、破滅の淵《ふち》をさすらう人々の姿が次々に紹介される。

こうした危険を避けるため、自由な休息時間や、談話や運動のための施設を特別に設けるように、との経営者への助言もある。

コンピュータ好きの子供たちまで、この病気にかかる。そのとき両親は、何よりも

「親密な時間」を子供のために割いてやることだ、という。

日米ビジネスマンの精神的破滅を数多く見てきたニューヨークの精神科医、石塚幸雄さんは、わたしが「生き残りの条件」を訊き歩いたとき、破滅に至らぬためには人間は三本の柱を太くしておく必要がある、との意見であった。

その柱のひとつが「インティマシー」。つまり、家族とか友人とか、親しい人々とのつき合いである。

「親密な時間」を必要としているのは、子供だけではない。日本人はとくに夫婦間の親近関係が弱く、逆にそれだけ会社での人間関係が非常に濃密になってしまう。

人事に過度に敏感になり、これまた危険な傾向となる。一方、アメリカ人のように、インティマシーの柱が太すぎると、大きなストレスが、第一に配偶者の死、第二に離婚ということになる。

そのストレスを避けるためには、「セルフ」の柱も太くすることである。自分自身だけの世界、信仰とか読書とか思索とか、あるいはひとりだけでできる趣味の世界である。

三本目の柱は、「アチーブメント」、つまり、仕事とか、はっきりした目標や段階のある趣味の世界である。

こうした三本の柱がバランスよく太くなって、その上にのって居れば、一本の柱に何か異常が起ろうと、あとの二本で支えてくれる。

打たれ強さも、そういうことから出てくるのではないか。

仕事の鬼は一本足で立っているようなものである。その足が折れれば、がっくりして二度と立つことができなくなる。

三本の柱を太くするためには、肉親を愛し、よき友人を持ち、よき趣味を持ち、文学や芸術を通して自分だけの世界をも豊かにしておくことである。

いま自分の柱がどうなっているか。点検しておそろしくなることがある。

逆転のために

新聞の死亡記事から職業別の没年を調べた興味ある統計を見た。

いちばん長生きするのは、これは予想されたことだが、宗教家。二番目が経営者。死亡記事に出るような人だから、功成り名遂げた経営者たち、男の花道を歩いて来れた人たちのことであろう。

これとは対照的に、いちばん短命なのは詩人。創作の苦しみもさることながら、経済的に恵まれないのも原因であろう。

二番目が作家。経済的な不安定さ、地位の不安定さ、ということも問題である。というのも、同じ文筆家でも、俳人や歌人は割りに長命である。作家が一作毎《ごと》に評価が変わるのに比べ、俳人や歌人はいったん評価がきまり、雑誌の主宰などするようになると、その位置から落ちることがない。

画家や書家なども同様に、何とか会員とか、という金箔《きんぱく》がつくと、値段がきまり、そこから落ちることがない。

作家はこれとはちがい、終生戦国時代に生きるようなものである。野垂れ死もまた光栄と覚悟をきめなくてはならない。

だが、覚悟をきめたところで……。

わたしは自分を文士というより、文弱の徒と思っている。士魂など、どこにもない。打たれ強いどころか、一発打たれたら参ってしまいそうな気がする。

人生のエレベーターが急な動きをしたら、とたんに尻餅《しりもち》をつき、気を失いそうである。そして、ただただ奇跡的な救いを祈るだけになりかねない。(だから、打たれ強さの秘密を人一倍知りたいと思ってきた)

奇跡的な救い、奇跡的に立ち直るということが、いったい、あるものだろうか。

プロ・ゴルフの試合で、それに類する光景があった。

ハワイアン・オープン最終日。ストレスのかかった最終ホール。そこで百メートルあまり離れたところからボールを打って、直径十センチほどの穴に入れて、青木功選手は逆転優勝した。神がかりというか、よほどの偶然というか。

だが、後にテレビで青木選手は「偶然とだけはいえぬ」といい切った。そのとき使ったのは、よく練習を積んだ好きな道具（クラブ）だったし、またよく練習していた距離であった。

だ。

「入る可能性を求めて練習してきた。そのおかげで入ったのだ」

と。いい言葉である。彼等《かれら》もまた終世戦国の身。それを支えているのが、これなのだ。

人間に裏の裏の裏があるように、人生にも逆転また逆転がある。

そのために、心ならずも人生を深く生きることになるかも知れぬが、だが、それでこそ生きた甲斐《かい》があったということにもなろう。

わたしは『かもめのジョナサン』の著者リチャード・バックの言葉を思い出す。

「たいへんだったが、しかしすばらしかったといえる人生を送りたい」

自分だけの暦

熊《くま》さんの悟り

芸能関係に明るい知人に、「注目すべきタレントは」と訊《き》くと、レオナルド・熊という名が上った。

爆発的な人気というわけではないが、苦節二十年とか三十年の間に貯《たくわ》えた実力で、このところ急激にファン層の厚みを増している、という。

残念ながら、わたしはまだ、その熊さんの芸を見たことがない。だから、熊さんの才能やその将来性について、うんぬんする資格はない。

ただし、その経歴を知って、興味を持った。

北海道でもいちばん地味のわるく貧しい土地の生まれ。六人兄弟《きようだい》とか八人兄弟の末の方に生まれ、兄のアドバイスで看板屋にでもなろうと絵の勉強をはじめた。

だが、同じ絵の仲間の初恋の女性が、「コメディアンに向いているわ」といった一言で、コメディアンに転向。十年間の下積み生活。

その間、別の女性と結婚。この女性が働きに出て、やっと食いつなぐという生活であった。

十年目、熊さんは世に出るどころか、家を出て病院に入らねばならなかった。重症の結核にかかったからである。

そして、三月、ある日、ふいに妻も姿を消した。

七難八苦とまでは行かぬが、打撃につぐ打撃である。その中で、熊さんはどう考えたか。

テレビ番組の中で、熊さんはこんな風にいっていた。

「自分はもう熊でさえない。無だ、土だ、アリ一匹だ、と思った」と。

自分自身をその程度のものだと割りきれば、もはや高望みもしないし、また、たいていの状態に耐えられる。

いつひねりつぶされ、ふみつぶされても、文句ひとついえないアリ。そのアリでしかないと思えば、ぐちも出ないし、また、何かに絶望するということもない。

愛については、どう考えるか。

アリの立場からすれば、

「愛は、もらったり、奪ったりするものではない。与えるものだ」

との悟りが出てくる。

十年間行方知れずの妻について、熊さんは姉からのアドバイスもあって、いまだに除籍していない。「戻《もど》る気があれば、いつでも」という。

最近、若い愛人ができたが、この先どうするかは、相手の気持しだい。「自分には決める権利はない」という。

自分は無であり、土でしかない。

だから、「おれが」「おれが」とはいわない。

すべては運命に任せる。といって、絶望しているのとはちがう。報償を求めない生き方に徹している、とでもいうのだろうか。

少ない客を大切に

またテレビで二度、熊さんが自分について語るのを見た。こうしたインタビューが多いのも、よほどこの人が売れているせいなのであろう。

「愛人に子供ができた。〝事故〟みたいなものだ。いずれ入籍しなければならないだろう」

と相変らず他人《ひと》事《ごと》のようにいう。

投げやりではなく、どこかニヒルである。このため、永い間、大衆に不人気。下積み生活は三十年に及んだ、という。

全国各地を転々とドサ回りして食べた。

それも、キャバレーにさえ出られず、場末の小さなストリップ小屋ばかり。客たちは裸の女が目当てであり、男が出れば「何しに出てきた」という顔になる。

芸人にとっては、地獄であり、最悪の舞台であった。

だが、けんめいに演じていると、笑いが起り、少数の客だが、たしかな手ごたえがある。

芸人としては、テレビやラジオ、大劇場に出て受けたい。だが、最悪の舞台、最少の客でも、たしかに受けとめてくれるということは、うれしかった。

「こうした客が居る限り……」

熊さんは、ずっとペイスを崩さず、演じ続けてきた。

自分の大病の他《ほか》に、コントの相手役が病気になったり、居なくなったりしたが、その度にまた新しい相手役を探して、はじめからやり直した。

旅から旅へ。木賃宿の垢《あか》で光ったくさいふとん。そうした中で、しかし、熊さんは「旅がたのしかった」といった。

「自分が無であり、アリでしかない」と悟れば、そうした宿さえありがたくなるのかも知れない。

この悟りに加え、「少ない客を大切に」という努力を、熊さんは打たれ打たれながらも三十年間続けてきた。

いや、その悟りがあり、その努力が続いたからこそ、三十年も保ち、また、その三十年が大きなプラスになったのであろう。

いま売れっ子になった熊さんに、しかし、別の悩みがしのび寄っている。

一つのタネ本があれば、以前は、それを各地に持って回り、一年間は食うことができた。

だが、いまテレビで演じれば、同じネタはせいぜい二度か三度しか使えず、それ以上は飽きられてしまう。

爆発的に売れたマンザイ・タレントたちも、そのため消えて行った。

これまでタネ本づくりに時間をかけてきたという熊さんは、いま難しいところに立たされている。地獄から這《は》い出て、今度は断崖《だんがい》の道を歩くわけである。

三十年間、打たれ強かった男が、この先、どんな風に生き抜いて行くか。期待し注目したい。

大病の中の好奇心

また鈴木健二さんに会い、じっくり話を聞いた。

鈴木さんは、テレビ界の長距離不倒選手というだけでなく、早くから物を書き続け、いまはベストセラー・ライターともなった。

つまり、息の長い、打たれ強い男の一人なのだが、その秘密はどこにあるのか。

ひとつは、三回にわたる大病の経験である。

その中から、鈴木さんは生命力の強さといったものを、身にしみて感じとった。

三度目の大病は五十歳のとき。はげしい血尿と尿閉塞《にょうへいそく》。腎臓《じんぞう》をひとつとり出す大手術となったが、「手術」と聞かされたとき、鈴木さんは、

「ああ良かった。これで助かる」

と思った。前二回の経験。それに治らぬものを手術するはずはないという祈りに似た信念からであった。

そして、その大手術の中で、鈴木さんは好奇心というか、観察欲を持ち続けた。

痛みがどこからどこへどんな風に走るのか。鈴木さんは詳しく医者に報告し、よろこばれた。

また患者として何ができるか、も考えた。呼吸を楽にするには、たとえば、どういう口の形をしたらいいか、どんな声を出したらよいか、などということまで。

死の危機から脱け出せたのは、生命力への強い信仰とともに、いついかなるときも、そうした強い好奇心を失わなかったためである。

大病にせよ、大失敗にせよ、人生のすべてを観察というか、好奇心の対象として眺《なが》めるゆとりを持つ限り、人は必ず再起できるものなのだ。

もちろん、体力の強さも必要である。

鈴木さんは、中学時代の四年間を水泳の選手として過した。それだけに、がっしりした体つきである。いまは、早朝の散歩を欠かさない。

それに、一日八十本吸っていた煙草《たばこ》を、「ばかばかしくなって」一気にやめてしまった。大手術後は、好きだった酒ものまない。

鈴木さんはまた、学生のころ自治寮の委員長をしたり、戦災孤児を収容する施設に寝泊りして世話をするなど、若いころから自ら求めてさまざまな人生経験をし、多様な人生に接してきている。多少のことにはおどろかない。

それになによりも読書好き。膨大な読書量が人生とは何かということを語りかけてくる。歴史には、こんなみじめな環境、こうした強い生き方もあったと、ふるいたたせてくれる。

無数の人生を極限まで追体験でき、そこから生きる知恵、生きのびれる心を学びとる。読書の功徳《くどく》である。

大病、好奇心、体力、人生経験、読書量。これらが鈴木さんを打たれ強くしているようである。

月見て歩け

所用のため、大阪へ日帰りした。

早朝、家を出て駅に向うと、ほの白く透きとおった月が、歩いて行く先の西空にかかっていた。

帰りは、逆に、東の空に、血の色を帯びた月が待っていた。

満月がやや欠けたばかりのまるい月である。早朝の月も、夜の月も、それぞれ美しく、それぞれ何か語りかけてくる。

わたしは月を仰ぎ、月から目を離さず歩いた。

いい気分であった。いろいろ考えねばならぬことや迷っていることもあるのだが、すべてが消えてしまって、生まれたばかりの心に戻る気がする。

月を見ているだけで、いつかはいい知恵や新しい元気が湧《わ》いてきそうな気がするのだ。

うつむいて歩いて行く人に、

「なぜ月を見上げて歩かないのですか」

と、声をかけたくなるほどであった。

古人が月見を大切な行事とした気持がわかる。

先年、名月の夜、京都へ月見に招かれたことがある。山荘風のところで横笛など聞きながら見上げた月。人生の最高の贅沢《ぜいたく》を味わっている思いがしたものである。

地上の花々が終わる季節になると、代って月や空がきれいになる。空がかすむ季節になると、地上の花々が咲き競うようになる。この世は、うまい具合に恵みに満ちている。

それにしても、花を賞《め》でるほど、わたしたちは空を見ることがないのではないか。空や雲のたたずまいをじっくり仰ぎ見ることが少なすぎるのではないか。

こんな風に思っていたところ、山田《やまだ》禎一《ていいち》著『もっとアバウトに生きてみないか』という本の中に、「視線を十五度上げる」というすすめがあるのを見つけた。

都市生活者は少くとも一日に一度は空を見上げるべきだと、精神科医でもある著者はいう。

そうすれば、それだけで、

「心が明るくなり、みるみる自信が湧いてくる」し、「全身から無駄《むだ》な力みを取り去って」「まったくちがったアイデアを教えてくれる」ともいう。

空を見上げることは、浮世の思いをしばし忘れることでもある。もともと忘れるというのは、「人間の自己防衛の機能」なのに、現代人は「忘れることを忘れたのではないか」と、著者はいう。

ついでにいえば、空には仕切りがない。心の中にも仕切りのないのがいい。年中行事といえば、いまは盆おどりのような騒々しいものだけが幅をきかせている。多くの人々は、いよいよ画一化され、みんなといっしょでなければ生きられなくなって行く。

これに反し、月見は、ひとりで物静かに宇宙に向かい合う。弱々しい大衆の心とはちがった何かがそこには生まれてくるはずである。

自分だけの暦

次作『人間紀行　本田宗一郎との一〇〇時間』のため、本田宗一郎さんを取材している。

このため、本田技研と連絡をとることも多いのだが、先日も祭日なのに、同社から電話連絡があった。

ふしぎに思って訊《き》いてみると、同社は祝祭日でも休まない日が何日かあるという。祭日は、バラバラで、仕事のリズムを阻害する。組合と協定の上、祭日は働くことにし、その代り夏や冬の休みを長くしている、という。

この会社は自分の暦を持っている。つまり、企業文化があって、いいかげんな官製の暦などに左右されない。りっぱだと思った。

自分の暦を持つこうした会社や学校がどんどんふえるとよい。通勤地獄や交通渋滞が緩和されるという社会的な効果があるだけではない。

組織が自分の暦を持てば、そこに居る個人もまた自分だけの暦を持つようになる。

「右へ倣《なら》え」しやすい日本の風土の中で、これから強く生き残るためには、むしろ右へ倣わないことを学ぶべきであろう。

そのきっかけのひとつが、自分だけの暦を持つことである。

自分だけの暦を持とうとすれば、自分がいったい何なのか、どういう特徴があり、どういう存在で、何を目指して生きているのか、あらためて考え直すことにもなろう。

その結果、付和雷同することもなく、また打たれ強くもなるのではないか。

自分だけの暦といえば、劇団四季によるミュージカル「キャッツ」公演初日は十一月十一日。

ふつう芝居は月はじめから公演されることが多い。妙な日付だと思ったが、主宰者の浅利慶太さんの説明はこうであった。

「平凡な十一月一日初日などというより、十一を二つ並べた十一月十一日の方が、いまの若い人には印象的でおぼえやすい日付なんですよ」

と。

デジタルになじんだいまの若者たちは、待ち合わせをするときも、「三時」とか「三時半」などというより、「三時三十三分」という約束をするそうである。

時間にうるさい人は「三時〇一分」とか「三時三十一分」などと細かな時間を指定

するが、これだと窮屈で重苦しい感じがする。

それにくらべて、「三時三十三分」には、なんとなく、あそびの感じがある。「約束時間ひとつにしても、たのしんじゃおう」という精神が感じられる。時間をおもちゃにしており、時間に束縛されていない。

公式的なものや常套《じょうとう》的なものから、少しでも遠ざかる——それは、人生をたのしくするだけでなく、発想の新鮮さ、生命のみずみずしさへと道をひらくはずである。

ちょっとした工夫だが、ばかにはできない御利益《ごりやく》があるのではないだろうか。

ふしぎな集い

先夜、東京の某所でふしぎな集いがあった。

集まったのは、大臣と公社総裁が三人、超一流会社の社長・会長・相談役など、合わせて二十人ほど。だれもがこの上なく忙しい人たちばかりなのに、死んだ一人の男のために集まった。それも一周忌とか三周忌とかいうのではない。また命日でもない。男が死んだのはまる三年前の秋のことであった。

「彼のことが忘れられない。ごく親しかった者だけで集まろうではないか」

そんな声が誰《だれ》からともなく出て、「そうだ」、「そうだ」と、たちまちそうした集いになったのであった。

「——を偲《しの》ぶ会」といったものは他《ほか》にもある、というかも知れない。だが、それらは多くは、同業とか、同門とか、同郷、同窓などといった集まりが核になっている。

ところが、先夜の集いは、政界、財界、官界、ジャーナリストなど、分野はさまざま。共通項は、ただその男と親友であったという一点だけである。

男は高名な指導者でもなければ、実力者でもない。いや、組織にさえ属せぬ男であった。つまり、この故人と、集まった親友たちとの間には、利害関係や取引関係など何もなく、ただ友情だけがあった。

この男が居なくなって、さびしくてならぬ。そのさびしさを感じる者同士集まり合おう、というのである。

男はそれほどの魅力の持主であった。男の名は伊藤肇《いとうはじめ》。『人間的魅力の研究』というのが遺著になったが、帝王学や十八史略についての造詣《ぞうけい》も深い経済評論家であった。彼は勉強家であった。財界の情報にも精通していたが、東洋思想にも明るく、話題は次々と出て、尽きることがなかった。

それに、無類に明るい人柄《ひとがら》で、「ハジメちゃん」「ハッつぁん」と親しまれた。言行に表裏がなかったし、地位や名誉に執着がなかった。律儀《りちぎ》であり、筆まめであった……等々、書きつらねて行けばきりがない。多くの親友ができたわけである。

そして、その親友がまた彼を助けた。

彼は選挙違反に連座して三年間、全国を逃亡して回らねばならなかったし、社長と衝突して会社づとめをやめ、浪人となった。

こうした打撃の中で、いつも彼を支えたのは、友人たちであった。

いや、彼を追っていた刑事まで、彼の人柄に魅《ひ》かれ、潜伏先をつきとめながら、ついに踏みこまなかった、ともいう。

心あたたまるふしぎな夜であった。

郷里とか、学校とか、勤務先とか、趣味とか、そうしたことに関係なく、友情は生まれる。それも強い友情が。

そのことをしみじみ感じさせる夜であった。

人間の好き嫌《きら》い

伊藤肇さんは、人間の好き嫌いのはげしい人であった。嫌いな人に対する評価は痛烈であり、好きな人には惚《ほ》れこんだ。そして、

「おれは好きな人間とだけつき合う。短い人生で、いやなやつとつき合っているひまはないよ」

ゴルフも宴席も、そういう好きな人相手に限った。そして、その言葉通り、五十をわずかに過ぎたところで、あっけなく世を去った。

伊藤さんは「生涯《しようがい》一浪人」を理想とし、組織の中に生きるのに向かない人であった。つとめていた雑誌社をやめたとき、伊藤さんを慕う後輩たちも続いてやめ、新しい雑誌社をつくった。

当然、伊藤さんはその長にかつがれていいのだが、「性に合わない」と断わった。自分をよく知っている人であった。文字どおり、浪人として、筆一本の自由人として生きようとしていた。

うらやましい生き方だが、組織の中で生きる人にはできない生き方である。とにかく、いろいろな人間、あらゆる人間に耐えなくてはならない。それが現実である。人生とはよくしたもので、耐えている中に、さまざまに得るところが出てくる。人間の好悪《こうお》や評価についての変化も、そのひとつである。

人間とは奥の深い存在である。一人の人間がいくつもの顔を持っている。田中角栄について報《しら》されてきたことが、そうであった。

田中総理の誕生に、マスコミは「今太閤《いまたいこう》」と賛辞を送った。修身の手本になりかねなかった。そして、数年……。

人間には裏があり、裏の裏があり、裏の裏の裏がある。

わたしは、武田泰淳《たけだたいじゅん》さんの言葉を思い出す。

「いい人間、わるい人間と、何回もひっくり返る。人間とはいつ評価が逆転するかわからぬあいまいなものなんだ」

人間も作品もわからぬものほどおもしろい、というのが、武田さんの持論であった。

わたしの大学時代からの無二の親友のO君は、わたしとはまるで性格がちがい、大声で肩をゆさぶって歩く豪傑タイプである。

よくO君と親友になれたものだといわれるが、理由は簡単、学生寮で二年あまり一緒にくらしたからである。

わたしにも、最初、違和感はあった。

だが、いやおうなく一部屋の中でくらしているうち、豪傑タイプとはうらはらのやさしく、あたたかく、知的で、繊細なものがO君の中にあることを、わたしは知るようになった。そして、O君に耐えるというよりも、O君の友情に支えられて生きるという思いをするようになった。

同室者を選ぶ自由はなかったが、選べないおかげで、わたしは天からの贈物を得た。

ふり回されるな

ある電機メーカーの入社試験で、「美人が居た場合どうするか」という問いを出し、
①気になる
②ぜんぜん気にならない
③大いに気になる
の三つの答のひとつを選ばせた。

合格は①。美人を情報に置きかえると、②では無感覚すぎるし、③では、情報にふり回されて仕事にならない。

この話を伝えてくれたのは、評論家の扇谷正造《おおぎやしょうぞう》さんだが、「情報に対するシャープなセンスを持つ。だが、情報にふり回されないことが望ましい」と、扇谷さんはいった。

朝日の学芸部長として、また週刊朝日の名編集長として、情報産業のただ中で生き抜いてきたひとの言葉だけに、重みがある。

情報収集には、金と時間を惜しんではならない。

だが、ふり回されないためには、「早い情報よりも正しい情報を」と心がけるべきである。

早い情報にとびついて、あれこれ心配したあげく、誤報だとわかったときの空《むな》しさ、腹立たしさ。

それを防ぐためには、まず自分なりにマスコミの中から信頼できる媒体を選別しておくことである。

一般的にいうなら、センセイショナルな報道をする媒体よりも、地味な報道姿勢のものがいい。

先ごろ、ほとんど全米の視聴者に惜しまれて、最長年月のテレビ・キャスターの位置を去ったクロンカイト氏の魅力は、「地味で誠実」ということだったという。

第二に、情報を突き合わせ、ウラをとること。

新聞などが先を争って伝えたニュースの真相が実は意外なものであったということを、しばしば週刊誌などが伝えてくれる。もちろん週刊誌にも誤報や虚報がある。

単純に信じないで、できるだけ多くの媒体の情報を照合する。それがふり回されぬための第二のコツである。

第三に、自分自身の考えを持つ。

「日本では、何か事件についての情報を知らないことを恥に思うが、ヨーロッパでは知らぬことは恥でも何でもない。そのことについて自分なりの意見がいえない、そのことが恥なのだ」

というのが、磯村尚徳《いそむらひさのり》さんの説であった。

できるだけ多くの情報を集める。だが、その材料をどう料理するかは、受け手それぞれの問題である。

解説を聞くのは結構だが、最後は自分なりの判断をし、自分なりの意見を持つ。

そのことが、情報公害からわが身を守るだけでなく、企業を守り、日本を守ることにもなるのではないか。

ねむくなる番組

ゴールデン・アワーのテレビ番組は、栄枯盛衰がはげしい。

その中で、地味な内容にもかかわらず、すでに八年間続いている長寿番組がある。「日本昔ばなし」がそれで、もともと子供向けだが、大人のファンも多く、静かで根強い支持を得ている。

各地に残っている昔話を再構成したものだけに、ストーリーは単純で素朴《そぼく》。アニメーションの画面は、童話風で美しくたのしい。

それに、語りがまた浮世ばなれしたのんびりした口調であるところがいい。テレビの中で、心の故郷に出会うようなやすらぎがある。

「テレビはどこも元気のいい番組ばかりですもの。ひとつ、ねむくなるような番組をつくりましょう」

語り手である市原悦子さんの言葉である。

なるほどと思った。

そういわれてみれば、テレビはお涙頂戴《ちょうだい》にせよ、お笑いにせよ、ドキュメンタリーにせよ、とにかく人目をひこうと勢い立ち、結局はワンパターン化して、飽きられるのが早い。

そうした中で、ねむくなるような「日本昔ばなし」がダイヤモンドのようにひときわ輝きを増す、というわけである。時代と駆けくらべをしたり、時代を追うだけが、能ではないのだ。

あわただしく騒がしい世の中である。

「黙っていては、とり残される。性急に声を上げた方がいい」と気弱なひとは、つい考える。そんな風にそそのかすひとも居る。

だが、ほんとにそうなのだろうか。

交通標語ではないが、「せまい日本、そんなに急いでどこへ行く」といいたくなる。あるいは、長い人生、そんなにあわてて何がつかめるのか。

友人のKさんは、すばらしい腕時計を持っている。一年間に五秒と狂わないそうだが、しかし、Kさんはこのごろはむしろその時計を隠すようにしている。

「いまいちばんナウなのは、時間にとらわれない生き方だ。これはと思う人たちが、腕時計を持たなくなっている」

と K さんは解説した。

信号音を発する腕時計がある。時報なのか、何かの用を報《しら》せるのか。せっかく話が佳境に入ろうとするとき、そうした音がすると、一瞬、話の流れが変わる。ほんとうにいい話は、時間の経《た》つのを忘れるほどの語らいの中から生まれるというのに。

仕事の上での損得のことだけをいうのではない。

人生の持ち時間は限られている。その中で、時間を忘れるほどの陶酔をどれほど多く持ったかで、人生の価値が決まるような気がする。

音を出す店

散歩していて、ある店のショー・ウィンドウにおいしそうなケーキのあるのを見つけた。

「買ってきましょう」

家内はその店へ入りかけて、足をとめた。にが笑いして、軒を見上げる。

そのときには、わたしも気づいていた。軒下のスピーカーから音楽を流しているのだ。

「買うな」と、わたしはかぶりを振った。もう二度とその店に近寄ることもないであろう。

「音を出す店で買うな。音を出す街で買うな」

と、わたしは家人にいっている。

いい店なら、黙っていても、客は入る。音を出すのは、商品やサービスに自信のない証拠である。それに何より、騒音をまきちらしても、自分の店さえもうかればいいいという感覚が許せない。

街頭放送するような店もそうだが、音楽やラジオを戸外へ流し続けるのも、公害である。

多くの人は静かさを好み、音楽好きの人でも曲に好き嫌《きら》いがある。むやみに音楽を流すのは、目に見えぬヘドロを押しつけるようなものである。

ヘドロがたまり続ければ、人は寄りつかなくなる。他人に迷惑をかけて、商売が成り立つはずがない。

友人と話してみると、わたし同様、音を出す店や街に反撥《はんぱつ》して、そうしたところでは一切買わぬことにしているという人が、結構多い。

地域団体や婦人団体に働きかけて、そうした店や街での不買運動を進める、という人も居た。「悪徳企業」の烙印《らくいん》をおされてしまえば、その店は立ち行かなくなる。

「あんなうるさい店で買うものか」

悪評は次から次へと伝わり、心ある客たちはうなずき合っている。知らぬは店主ばかりなり、である。

静かだと不安で、忘れられそうだと、つい音を出すという店があるかも知れない。

だが、音で不安をまぎらそうとすれば、客の方がもっと不安になる。「それほど店主が不安がっているような店で買えるか」という気になり、逆効果になる。

昔から「奇道は王道にかなわぬ」というが、音を出すなどというのは、奇道というより、むしろ邪道に近い。

少しでも心のこもったサービス、よりよい品物をと心がける――その正道を骨太く辛抱強く貫き通すこと。永続きする本物の客をとらえるには、それしかない。

わたしが子供を育てるのにひとつだけきびしくいったのは、

「他人に迷惑をかけるな」

ということであった。

人間であろうと、企業であろうと、他人に迷惑をかけて永続きしたためしはない。

社長の巡視

社長に歩くことをすすめたが、ただ歩けばいいというものではない。歩き方によっては有害になる場合もある。

数年前、四国の都会でふらりとデパートに立ち寄ったことがある。全国的な大デパートの支店である。

最上階で絵の展覧会をやっているというので、のぞいて見るつもりであったが、エスカレーターを上って行くと、店内の空気がおかしい。男子社員があちこちで直立し、上の気配をうかがっている。

客のことなど念頭にない。ピリピリ神経をはりつめて、上に気をとられている。皇族かだれか、よほどえらいお方が来ている様子である。

最上階につくと、そのえらいお方が展覧会場の中央から出てくるところであった。

顔を見て、「なんだ」と思った。そのデパートの社長ではないか。（テレビや新聞などを通してわたしは顔を知っていた）

その社長に露払いや、おつきがぞろぞろと十人あまり。通路のまん中を歩いてくる。わたしはあわてて道をあけた。社長氏と金魚のフンどもは、客をはねのけるようにして、通りすぎて行った。

失礼千万な話である。お客さまあってのデパートではないか。心得ちがいも甚《はなは》だしい。

わたしは不愉快になり、絵を見ないで引き返した。

デパートのすぐ隣りが、わたしの泊っているホテルであった。

エレベーターが二基。自動式だが、女子係員が居てそのひとつがドアを開いたまま客を待っている。

乗ろうとすると、制止された。別のエレベーターが下りてくるのを待って乗ってくれ、という。

「どうしてだ」と訊《き》くと、

「ちょっと……」

問いつめると、苦しそうに、

「予約がありますので」

エレベーターの予約など聞いたことがない。心外だが、よほど重要な泊り客があってのことであろう。わたしは別のエレベーターを利用したが、心はおだやかでない。たまたま新聞社の仕事での旅であったので、調べてもらった。

その結果浮かんできたのが、あのデパート社長氏であった。時刻も一致する。支店幹部たちは、大社長に忠勤を励むあまり、隣りのホテルにまで働きかけたのであろう。ホテルとしても上得意なので、そうしたサービスをしたのかも知れぬが、これも不見識である。もっとも、広告放送などを平気で廊下に垂れ流しているホテルなので、はじめから見識など持たぬのかも知れぬ。

この社長氏についてのかんばしくないうわさを、わたしはかねて耳にしていたが、やはりと思わざるを得なかった。後にさわがれるさまざまな問題がなくても、この一場面だけでも、社長の器ではなかった。

惰性で商売

新幹線の車中、

「コーヒーにサンドイッチ」

という売子の声。

軽く食事をすまそうと、呼びとめた。

だが、いざ買おうとすると、売子は、

「あっ、サンドイッチは売り切れました。また後で来ますから」

わたしは、とりあえずコーヒーだけ買った。この調子ではサンドイッチは当てにならぬ、と思った。

それから数分後、反対方向からまた、「コーヒーにサンドイッチ」の声。サンドイッチを持ってきたのか。わたしは呼びとめようとして、その声をのんだ。同じ売子だったが、手の籠《かご》には、先刻と同様、コーヒーしか持っていない。ただ、惰性的に、「コーヒーにサンドイッチ」と唱えていたのであった。

もちろん、その後、サンドイッチを持って現われる、ということもなかった。

「惰性で商売をしている」

と、わたしは思った。

そう思うせいか、コーヒーはまずかった。これまでは、たいしてまずいとも思わなかったのに。

それに、紙コップに半分のコーヒーが二七〇円とは、いかにも高い。暴利ではないのか……。

次々に不満が湧《わ》いてくる。

売子の往来も多すぎる。車中で必要なものだけに限って売らせるべきではないか。

土産物など売る必要はない。

たいていの客は乗車前に買っている。旅馴《たびな》れた人には、車中で買った土産ということは一目でわかる。心のこもらぬ土産なのである。

その土産物もしだいにエスカレートして、いまでは、新幹線の走ってきた沿線とは逆方向や無縁の土地の物まで売りに回る。

このため、列車で快適な旅をするというより、「動く売店」に閉じこめられて運ばれて行く感じで、外人客などは「またか」というように露骨に顔をしかめている。これでは、「エコノミック・アニマル」という悪評を増幅させるだけだ。

車内販売の回数や品物について、国鉄なり運輸省は規制に乗り出すべき時期に来ているのではないか。

とくに許せないのは、売子が車内を走り抜けて行くことだ。釣銭《つりせん》を急ぐにせよ、どういう理由があるにせよ、少しでも音を立てぬよう、静かに通るべきである。

その程度の躾《しつけ》さえできていない会社が、なぜ営業を許されるのか。

国鉄のおかげである。国鉄との癒着《ゆちやく》のせいで、そうした惰性商法がまかり通る。

これを許すような体質だからこそ、本体の国鉄まで危機になる。赤字路線や組合問題うんぬんよりも、国鉄の経営体質そのものが、客に反《そむ》かれるようにできている。

駐車場で

あるレストランへ寄った。

食事を終わり、ドアを開けて出たところへ、一台の車が猛烈な勢いで突っこんできた。風圧でわたしがよろめくほどであった。

車は駐車場を突っきり、一番奥のところへすばやくとまった。運転に自信があるにしても、ずいぶん乱暴な若者だな、とわたしは思った。

ところが、その若者、従業員出入口へと消えてしまった。

客であっても許せないのに、従業員だったのか。わたしは寒気がした。

有名なチェーン店組織で急成長したレストランであった。パートも多いため、数々のマニュアルで、あいさつの仕方からサービス全体をおぼえこませていた。

「手を膝《ひざ》に当てて、体を十五度前傾させ、客の目を見て、あいさつして……」

といった風に、細かく規定して。

このため、新人でも、規定どおりにやれば、その日からでも役に立つ。

客はどの店でも、どの従業員からでも、同じサービスを受けられる——というのが、この種の店の特徴であり、強味であった。

それだけに、マニュアルには出ていない事態になると、従業員は対応できなくなる。赤ん坊がにこにこ笑いかけたのに、マニュアルに規定がないから知らん顔をしていた等々。

おそらく、その店のマニュアルには、店へ車で乗りつけるときの動作まで規定してなかったのであろう。

だから、客の鼻先をかすめ暴走族まがいに突っこむ。時間におくれそうだったのかも知れぬが、しかし客商売としては落第である。

あるレストランについて、こんな話を聞いた。

店内では制服だが、通勤の服装があまりにも自由というか、だらしがない。「あんな店員たちでは——」と客からも苦情が出た。

このため、従業員を客同様に店の正面から出入りさせることにしたところ、服装が改まっただけでなく、気分もひきしまった、という。

マニュアルだけで人間を律しようとすれば、無限にマニュアルをふやすしかなく、当然、守られないものがふえてくる。

それよりは、姿勢というか、精神さえしっかりしていれば、あとは各人で応用がきく。

「お客さまは神様だ」と本気で考えていれば、客の直前では、しぜんスピードを落とすことになろう。「神様」の抱いている赤ちゃんに笑いかけられれば、もっとあたたかな笑いで応《こた》えられたはずである。

そうしたとき、マニュアルは必要でなくなる。

そして、マニュアルが不要になった人間は、どんな社会に出ても、りっぱに通用する人間ということである。

晴れた日の友

可愛《かわい》い子には旅

幕末、朝廷側につくか、幕府側につくかで、当時の大商人たちは、それぞれ迷い、悩んだようだが、その中でも、いち早く朝廷側についたのが、三井組と小野組であった。

情報を集め、それまでの行きがかりも考慮した上での決断であったが、小野組の方が一歩先行した。

このおかげで、新政府になってから、小野組は有利な立場に置かれ、もともと豪商でもあったところから、一大飛躍を約束されていた。三井、三菱《みつびし》と並ぶ小野財閥ができてよいところであったが、そうはならなかった。

明治も半ばに達しない中《うち》に、小野組は行きづまり、やがて、歴史から消えてしまう。

その原因は、いろいろあった。

三井に比べ、政治家や政府部内への食いこみが浅く、十分な情報を得られなかった。いや、得ようとしなかったことが、ひとつ。

それに、蓄積も十分ではなかった。

三井家は、家訓により、代々、三種類の準備金を積み立ててきていた。これが、いざというとき、役に立った。そのちがいもひとつ。

三井の家訓では、仮に当主だとしても、力足らず品行おさまらぬ者は引退させ、座《ざ》敷牢《しきろう》に押しこめていい、とまで定めている。

継承者だからといって、オールマイティではない。三井という組織あっての当主、という考え方である。きわめて近代的な考え方ともいえる。

豪商の多くが、無条件で世襲、そして、当主が絶対的な権威権力を持っていた時代に、まことにユニークな処遇という他《ほか》ない。

だが、それにもまして三井と小野のちがいを印象づけるのは、明治初年、新政府のすすめで、豪商たちがそれぞれの子弟をロンドンへ教育のため送り出すことになったときのことである。

鎖国が終わったばかりで、海外の様子は全く不案内。そこへ大事な御曹子《おんぞうし》を送るなどとんでもない。万一のことがあったら、どうする。

そうしたおそれから、小野組でも、かんじんの御曹子たちは送らず、遠縁の子弟や、番頭の子供などを小野家の子弟ということにして、海外へ送り出したのであった。

三井はちがっていた。進んで御曹子を送り出した。

家（企業）あっての御曹子である。御曹子あっての家ではない。

万一、御曹子の身の上に何かが起るとしても、仕方がない。それよりも、御曹子が海外に出て身につけてくるものを期待しよう。

その意味では、文字通り、「可愛い子には旅をさせろ」を実践したわけである。

三井の御曹子たちがロンドンで身につけてきた帝王学。それは、三井にとって、目に見えぬ強力な跳躍台となった。大事な子であればあるほど、つらい旅に出す必要がある。

父の根気

『限りなく透明に近いブルー』などのベストセラーで評判の若手作家の村上龍《むらかみりゅう》さん。最近では、映画監督としてもたくましい活躍ぶりだが、その村上さんは高校時代ふとしたことからぐれて、非行少年の仲間入りをし、警察の世話にもなった。

父親は教育者であった。面目まるつぶれである。お先まっくらというか、子を引き裂きたい気持になったかも知れぬ。

村上少年は、郷里（九州）をすて、東京へ去った。

逃げるというか、家をとび出したその少年の許《もと》へ、一週間ほどして、父親から葉書が届いた。

「おれははずかしくて、町も歩けない。反省しているか。早く更生しろ」

などといった文面を予想するところだが、まるで、ちがっていた。

おまえの友達の何とか君と出会ったら、こういう話をしていた。お母さんは何をしている。近所では、こんなことがあった……。

等々、全くさりげない近況を報《しら》せる手紙であった。

少年は読みすてた。

一週間経《た》つと、また、父親から葉書が来た。

文面も、前の手紙と大同小異であった。すててきた故郷の町の様子や、家のことなど伝えている。

少年は、また読みすてた。

さらに一週間すぎると、またまた父親からの葉書であった。故郷の風を運んできた。

次の一週間経つと、また葉書。家の台所の匂《にお》いが漂ってきた。

少年は、返事を書かなかった。ろくに読まないこともあった。

だが、葉書はとぎれることなく届いた。

その結果、少年は、実に七年間にわたり、二千通の父からの葉書を手にすることになった。

その間、ただの一度も返事を書かなかったのに。

わたしは、これは父親だからできた、と思う。

東京の大学に居るとき、わたしの母親もよく手紙をくれた。

だが、三度続けて受けとったままで返事を書かないでいると、電話がかかってきた。

「病気ではないかと心配した」といった上で、「親に一度も返事を書かないなんて、おまえはいったいどういう了簡《りょうけん》なの」と、小言が来た。女性というのは、本質的にそういうものなのであろう。

少年の父は、根本のところで、少年を信頼していた。そして、自分の顔に泥《どろ》を塗った形なのに、手ごたえもないままに七年間にわたって、無償の努力を続けた。

その根気、そのやさしさ。まことの父親ならでは、と思う。

父のけじめ

二輪から四輪。日本を代表する自動車レースの選手といえば、生沢徹《いくざわてつ》さん。「テツ」の名で親しまれ、海外でも大活躍したレーサーで、いまも現役であると同時に、レーシング・チームを主宰しているひとでもある。

徹さんは、いわば父子家庭に育った。

父の名は生沢朗《ろう》、有名な画家である。華麗なさし絵をおぼえて居られる方も多かろう。

そうした家庭とあれば、べとべとした父子《おやこ》の間柄《あいだがら》と思いがちだが、そうではなかった。むしろ逆にからりとした父子であった。

徹さんが、「富士のレースで大事故に遭った」との急報が届いた。

そのとき、父の朗さんは茅《ち》ケ崎《さき》のスリー・ハンドレッド・クラブでゴルフのコンペに出ていた。

かけつけたゴルフ場の人からこの報せを聞いた朗さんは、

「うん、そうか」

とだけいった。

最悪のケースも考えられる大きな事故だったが、朗さんは一瞬祈るように瞑目《めいもく》しただけで、周囲の心配をふりきって、またプレイに戻《もど》ったのであった。

「事故はすでに起ってしまった。あそこでどうこうあわてたところで、どうなるものでもない。先方では最善の処置をしてくれているはず。むしろ、まわりに迷惑をかけたくない」

というのが、後で聞いたそのときの朗さんの心境であった。

一人息子が危険なレーサーになろうとしたとき、その決心の固いのを知って、朗さんは「好きなものなら止めまい」と思った。そのとき覚悟ができていた。

「ただし、自立すること」

を約束させた。

職業柄、さまざまに経費がかかる。徹少年は高校生のときからアルバイトをして稼《かせ》ぎ、やがてはヨーロッパへの遠征費も自分で工面した。そうした苦しみに耐えて、なおやりぬけてこそ本物になれる、というのが、父親の判断であった。

代りに父親は約束した。「優勝したら、おまえの好きな車を買ってやる」と。

息子は早々に優勝した。欲しいという車ロータスは実に二千万円。十数年前のことである。

朗さんはおどろいた。まさか、それほど早く勝つとは思わなかったし、また、そんなに高価な車があろうとは。

だが、朗さんは約束を守った。

約束は約束である。父子だからといって、やはり、けじめをつけねばならない。工面して、約束どおり買い与えた。

朗さんも父親である。いまも蔭《かげ》ではあれこれと心配している。だが、顔には出さない。

けじめを守る父親と、へこたれない息子。ひとつのさわやかな父子像だと思う。

父のきびしさ

このごろ財界で評判のいい二世経営者といえば、西武の堤義明《つつみよしあき》さん。もっとも、義明さんは、いまはすっかり亡父康次郎《やすじろう》氏の傘《かさ》の下から脱《ぬ》け出て、もはや、だれの二世でもない、という感じである。

とはいっても、社長室には、いまだに菊の花を添えて、亡父の写真が飾ってある。それというのも、亡父が、ただの父以上に、義明さんにとって、人生の師でもあったからであろう。

康次郎氏には複数の女性関係があった。そうした場合、つい、子に対して及び腰になったり、あまやかしたりするものだが、康次郎氏はそれはそれとして、責任をとった上で、義明さんをきびしく躾《しつ》けた。

まだ子供のころ、義明さんは、刺身を食べる際、皿《さら》に醤油《しょうゆ》をとったところ、その皿をはねとばされた。

「必要以上になみなみと注《つ》いだ」というのだ。

小学校だけで、五回も転校した。疎開《そかい》というせいもあったが、康次郎氏の開発する新しい分譲地に次々と住まわされたからである。

ふつうなら、子供の学校や友達のことを考えて、同じところに置いてやろうとするものだが、容赦なく、そうしたぬるま湯からつかみ出し、新しい風にさらすのであった。

柔道の高段者であった康次郎氏は、息子を相手にするときも、手加減しなかった。

義明さんは、思いきり投げとばされ、たたきつけられ、絞め上げられた。

それは、義明さんにつけられている柔道の家庭教師以上にきびしく、はげしいものであった。

義明さんは、「柔道の教師が休まぬように祈った」という。それほどきびしい鍛え方をする父親であった。

やがて、父の秘書をつとめるようになると、義明さんは、なみの秘書以上にしごかれた。

康次郎氏が電話をしているときには、相手がだれであり、どんな用件であるか、すぐ察知しなければならなかったし、「あの書類」「あの地図」といった漠然《ばくぜん》とした指示に対しても、すぐそれに見合うものを持って来なければならなかった。

車に乗っていれば、新築のビルや、建築中のビルについて、すぐ答えることを要求された。

朝は五時六時に電話でたたき起された。常務になっていちばんほっとしたのは、七時まで寝れる、ということであった。

他《ほか》の会社につとめさせたり、下積みの仕事をさせるというようなことを、康次郎氏はしなかった。

自分の手もとで、徹底的に鍛え上げる。どこに置き、だれに預けるよりもきびしく

——それが康次郎氏の帝王学であった。

軽《かろ》やかなオーナー

「ホテルの壁の色から電気スタンド、コップまで、自分で決めないと気がすまない」といわれる堤義明さん。

そうした話から、あれもこれもすべて自分でやらねば気がすまないワンマンの姿を、ひとは想像する。

西武ライオンズをふくめた西武系諸事業のきびしい鍛えられ方、その伸び方。さらに、義明さんの自信に溢《あふ》れた物言いからも、よけいカリスマ的なワンマン経営者に見られるのだが、果してそうであろうか。

もし、そうだとすれば、やはり人間である。どこかに無理が来る。一発二発打たれて、よろめくことになりはしないか。

その辺のことに関心を持って、わたしは久しぶりに義明さんに会った。

「コップまで自分で決める」という話を、義明さんは肯定した。

それは義明さんが、ホテルとゴルフ場づくりだけは自分の仕事と考えているためであった。

大枠《おおわく》はこれはと思う設計家を選んで任せるが、後は納得の行く限り完全なものにつくり上げて行きたい。

「生まれ変わるとしたら、設計家になりたい」

とまで言う義明さんとしては、一種、芸術家に似た情熱をそこに注ぎこむ。

「プロジェクト・プロデューサー。それが、自分の仕事。だから、プロジェクトの何も彼《か》も自分で考えたい」

それが生きがいであり、たのしみでもある。

その代り、義明さんは、鉄道、ホテル経営をはじめとする十いくつかの事業については、すべて、その事業の代表者に任せてしまった。だから、

「自分がいま死んだとしても、関係なく、会社は動いて行きますよ」

と。

たまに各事業をのぞいてはみるが、それは様子を見るだけのことだ、という。細かな収支など気にしない。任せるというか、むしろ、楽天的ですらある。球団の経営についても、それを見ることができる。

買ったばかりのライオンズが、開幕早々十二連敗した。そのとき、義明さんのコメ

ントは、「いわば倒産会社を買ったのだから、仕方がないでしょう」というものだった。

「優勝の見込みは」との問いに、「六球団だから六年目には」と答え、選手たちには「わたしの生きている中に優勝してくれよ」といって笑わせた。

思いきって、金は出した。だが、口は一切出さない。ふつう、球場のオーナー席からベンチへ通ずる直通電話があるのだが、それも取りつけさせなかった。

その点では、一ファンと変わらぬ軽やかなオーナーであった。

よき友のために

モレシャンさんが、外人とつき合う方法について、テレビでおもしろいことをいっていた。

「失礼と遠慮とのまん中がちょうどいい」と。

礼儀をわきまえず、なれなれしくプライバシーにふみこんではいけないが、といって、多くの日本人がそうであるように、ひっこみ思案で、いうべきこともいわないでいるというのもまたいけない、というのだ。

これは、外人とのつき合い方だけでなく、日本人同士のつき合い方にも、当てはまる。

まわりでうらやむほどの親友同士が、ある日を境に、仇敵《きゅうてき》のように憎み合う間柄《あいだがら》に変わってしまうことが、よくある。

どちらかが、失礼と遠慮とのまん中ではなく、失礼の方へ突っ走ってしまったからだ。夫婦の間でも、同じことがいえる。

「まん中」に居続けるということは、考えてみれば、なかなか難しい。よき友情を保ち続けようと思ったら、ときどき、「まん中」に居るかどうかを、自ら点検し、反省してみることであろう。

「君子の交わりは水の如《ごと》し」というのも、この「まん中」の状態にあれ、ということなのであろう。

「国際人になるために、次の三つのことを心がけたらよい」と、磯村尚徳《いそむらひさのり》さんはいう。

第一に、「運動神経のようなものを持つこと」

日本語でしゃべっていた部屋から廊下に出たとたん、アメリカ人に会ったとする。とっさにすぐ英語に切りかえる。逆もまた同様。

外国に行ってから、いつまで経《た》っても英語ができないようでは困るし、また外国生活を終わって帰国してからも、やたらに英語を使ったり、外国の話ばかりしているのも、またこの種の「運動神経」が無いことになる。

第二に、「ちがいを気にするな」

イギリス人は意地悪で、フランス人はけちでなどという風にきめつけてしまわない。何々人という意識を持たず、ゆとりのある気分で接するように、というのだ。

第三に、「人に会う前に、その人について下調べをして、できるだけ情報をつかんでおけ」ということ。

これまた、いずれもそのまま日本人同士のつき合い方に当てはまる、いいアドバイスである。

何かの幻にとらわれて人に会うべきではないし、先入観や他人のうわさを鵜《う》のみにして、人を見てはならない。

ただし、もしできることなら、その人について一応の勉強をして会えば、会話ははずむであろうし、早く共通の話題に入って、みのりのある時間を持つこともできるであろう。

よき友は、打たれたときの支えになる。

よき友を得るためにも、またよき友を持ち続けるためにも、それなりの心がけが必要ということなのであろう。

おれたちは歩こう

打たれた男が友人の言葉によって慰められたという劇的な一例がある。

そのとき男は三十二歳。地方の私鉄をとりしきる常務であったが、過労につぐ過労がたたって、失明してしまった。

会社は倒産寸前の危機に在った。

文字どおり杖《つえ》とも柱ともなるべき妻は、乳呑児《ちのみご》を残して、家出してしまった。

打ちひしがれたこの男を慰めようと、一夜、仲間が集まってくれた。

会が終わって、飲み歩き、さてバスに乗って帰ろうとすると、まだ車の普及していない時期だったため、多勢の客が待っていて、バスが来ると、いっせいに殺到し、大混乱になった。

にわかに盲目となったこの男は突きとばされ、転倒するところだったが、仲間の中でも兄貴分というか親分格の友人に助けられた。

その友人は、

「おれたちは歩こう」

といい、腕をとって歩き出した。続いて、次のようなことをいいながら。

「いまは日本中の者が乗りおくれまいと先を争ってバスに乗っとる。無理して乗るほどのこともあるまい。おれたちは歩こう。君もだんだん目が悪くなっているようだが、万一のことがあっても、決して乗りおくれまいと焦《あせ》ってはならんぞ」

情のこもったまことにいい言葉である。それもそのはず、この友人とは、いまは亡《な》き火野葦平《ひのあしへい》氏。

これをいわれたのは、やはり亡き宮崎康平《みやざきこうへい》さん。宮崎さんは、このことを遺著『言いたか放題』に書き残している。

盲目の身で会社を再建の軌道に乗せた後、宮崎さんはすばらしい伴侶《はんりょ》の助けを得、文筆の道に入る。『島原の子守唄《こもりうた》』がヒットし、『まぼろしの邪馬台国《やまたいこく》』はベストセラーとなって、考古学ブームに火をつけた。

バスには乗らず、「おれたちは歩こう」と歩き続けた成果である。

失明当時、宮崎さんは歯ブラシに練歯みがきをつけるのに苦労した。いろいろ工夫してみるのだが、簡単なはずだったそのことができない。

そのとき、宮崎さんは「目明きのマネをしてはだめだ」と気づき、まず練歯みがきを舌の先に置き、水に浸したブラシを口に入れるという方法に切りかえた。それで用が足りるのだ。

打たれて傷ついた身が、健康人と同じことができるはずがない。傷ついた男には、傷ついた身にふさわしい生き方、生きて行く工夫がある。

健康人をまねて、むやみにあがき嘆くのではなく、頭を切りかえ、いまの身でできる最良の生き方を考えることである。

だれもがバスに乗る世なら、むしろ歩いた方がいい。「おれたちは歩こう」といっしょに歩いてくれる親友があるなら、さらにすばらしい。

晴れた日の友

銀座を歩いていて、「シロヤマ!」と大声で呼びとめられた。

わたしは、二重にびっくりした。呼ばれたことだけでなく、そうした呼び方をされたということに。

呼んだのはだれかと思うと、中学同期のB君であった。わたしは首をかしげた。

わたしを本名で呼びすてにするのは自然だが、なぜペンネームを持ち出したのか。

というのも、わたしはペンネームであるこの名前を最初に使った作品で受賞し、すぐ作家になったからで、B君とは呼びすてで、つき合う期間など全くなかった名前だからである。

B君から電話がかかってくると、今度は家人が首をかしげた。

「シロヤマは居るかって。Bさんって、よほど、えらい人なの」

B君は、建築事務所につとめている。そこから電話してくるとき、とくにそういう呼び方をする。

要するに、城山を呼びすてにする関係にあるということを見せたいのであろう。

持ち上げられるのは、もっと困るが、こんな風に不当に親しくふるまわれるのも、考えてしまう。変わらぬ友がいちばんいい。

B君は中学で同期ではあったが、クラスもちがい、ほとんどつき合いはなかった。彼が親しくしてきたのは、わたしが作家としてデビューした後である。つまり、「晴れた日の友」である。

B君だけのことではない。

政界の実力者を囲む財界人の会なども同じで、その人が総理確実となると、会のメンバーが一気に数倍にふくれ上る、という。

鈴木健二さんの言葉を借りるなら、

「井戸を掘っているときは助けにも来てくれなかったくせに、水が出たとなると、わっと寄ってくる」

それが多くの人情なのであろう。

その辺のところを、さめた目で見た上で、「晴れた日の友」とつき合うべきである。

中学時代、本当に親しかった仲間とは、いまも本名で呼びすてというつき合いをしている。

先日、そうした友人であるO君から、電話がかかってきた。わたしが新聞に書いた随筆が何か淋《さび》しそうだ。元気か。会いに行きたいが、時間がないから、電話した——というのだ。

電話ぎらいのわたしだが、この一本の電話はありがたかった。これこそ、本当の友情なのだ。O君は、がらがら声で、豪快な人物。だが、そうした思いやりを忘れない。

こうした友の居る限り、たとえこの世で少々の打撃を受けることがあろうと、打ちのめされてしまうこともあるまい。

持つべきものは真の友、とあらためて思った。

乱反射する友を

先夜、あるくつろいだ宴席に、定刻の五分前に着くと、先着順に好きなところへ坐《すわ》ったということで、わたしに残っていたのは、床の間近くの上座だけ。

ふと見ると、入口脇《わき》のいちばん末席に知った顔が笑っている。新日鉄の武田豊《たけだゆたか》社長である。

おかげでこの夜は、言葉も交わすことなく別れた。

わたしは武田さんの部長時代から知っているが、いつ会っても変わらない人である。昔ののらくろマンガの連隊長のような顔で、にこにこ笑って、気さくで、腰が低く、それは社長になろうと、なるまいと、変化はない。

いつか千葉へ釣《つ》りに行った武田さんは、同じ釣り場の若い男から、

「おじさん、それじゃだめだよ」

などと、いろいろ教えられた。話してみると、近くの新日鉄の工員であった。武田さんは親切に礼をいい、名乗ることなく別れた。そういう人柄《ひとがら》である。

先日、パーティの席上で、また武田さんと出会った。

「不況でたいへんでしょう」

というと、武田さんはかぶりを振って、

「おかげで、やるべき問題がいっぱいあります。それに、底から這《は》い上るのですから、やればやっただけのことが、はっきりします。やりがいがあるんじゃありませんか」

ゆったりとした笑顔でいう。

多勢のトップに立つ身として弱みを見せられないというより、本気でそう信じ、そのように努力している、といった顔である。

ごく自然に物事をそういう風に眺《なが》められる人でなければ、この時節、トップに立てないのかも知れない。

武田さんは、またいった。

「ありがたいことに、わたしは同業だけでなく、各界にいろんな友人が居ましてね。考え方もいろいろなことをいってくれて、乱反射する友人とでもいいますかね。それが、こういうときに、支えになります」

武田さんは、毎朝四時に起き、まず一時間、リンガホンで英会話を聞く。

「朝早く目がさめるから、そうしているだけですよ」

と、武田さんは笑うが、それにしても、すでに三年間。おかげで世界鉄鋼連盟の会長職もおっくうがらずにつとめることができる由《よし》。

何かを続けるということは、心の安定にも役立つはずである。

続けるといえば、朝の残りの二時間が、武田さんの読書時間。これはもう何年も続いているようだ。

読書もまた、古今東西から自由に「乱反射する友人」を連れてきてくれる。

それにしても、「乱反射する友人」とは、いかにも武田さんらしい表現である。

勇気の源

地方の若い女性を対象に、「東京の有名店」というアンケートをとったところ、ベルコモンズなどファッション産業の鈴屋がベスト・ファイブに入った。テレビ時代だとはいえ、鈴屋はほとんどテレビで宣伝などしていないのに、この人気である。

店の感じがいい、品ぞろえがいい、その他もろもろの口コミなどから、「なんとなくあの店」という評判ができるのである。

今春、この鈴屋の鈴木義雄社長の母堂のぶさんが亡《な》くなった。九十三歳の高齢。最後まで、しもの世話にならず、はっきり別れを告げての大往生だった、という。

鈴木さんは、「母を偲《しの》ぶ」という一文を書いたが、そこに、その「なんとなく」の秘密の一端が出ていた。

「清く正しく強く」をモットーとしたのぶさん。五人の子を育てる傍《かたわ》ら、十数人の住みこみ店員の面倒を見る。睡眠は四、五時間。

店の経営に直接口出しすることはない。

しかし、その周辺で、できる限りのことはする。

若い店員に対しても、なにかといえば、頭を畳にすりつけんばかりにして、「ごくろうさま」とねぎらう。

自分の欲は少なく、いつも、「もったいない」という。

それでいて、澄んだ声でよく笑う明るい人であった。

仕事で忙しかった夜などは、得意の煮あずきをふるまったというが、心あたたかな、ほっとするような光景が、目に見えるようである。

それに、のぶさんは、「商いをしても志を下げるな」といった。

卑《いや》しい広告や、他人の迷惑になる宣伝などするな、ということもあろう。それよりは、「自信を持て」と。

のぶさんはまた、ハンケチ一枚でも、自分の財布から金を出して、店の商品を買った、という。

古来、日本の大店《おおだな》では、こういう女たちが縁の下の力持ちとなっていた。いや、昔の日本のことだけではない。

スタインベックの『怒りの葡萄《ぶどう》』の中に、男は怒ったり悲しんだりするが、女は河だ、大河のように悠々《ゆうゆう》と流れて行く。そうした女の姿を見て、男は慰められ、気をとり直す、という一節がある。

仕事場も職場も、女の目に見えぬ力で働きよくも、働きにくくもなる。

鈴木さんは追悼文を、

「母のはなしは、私達子供の誇りであり、勇気の源であります」

と、結んでいる。

強く生きられた男たちは、同様に、きっと心の中でつぶやいたにちがいない。

「妻のはなしは、口には出せぬ誇りであり、勇気の源であった」

と。

付記

本書は、日経流通新聞に昭和五十八年五月二日から十二月二十六日まで「人生のステップ」と題して掲載されたエッセイの中、一部を省いて再構成したものに、「すてきな枯れ方」「敗者復活」「三本の柱」「逆転のために」「人間の好き嫌い」の五篇を新たに書き加えた。

解説

神崎《こうざき》倫一《りんいち》

城山さんはビジネスマンが好きである。

ごぞんじのように、東京商大、今の一橋大学の卒業生である。創立者矢野二郎の抱負のように、日本の「キャプテン・オブ・インダストリー」を造り出すべく生れた学校だ。

脱線するけれど、キャプテン・オブ・インダストリー、さわやかな語感である。翻訳してはいけない。漢字に直すと、なにか会長、社長の椅子《いす》に恋々とする老醜の姿や、勲章ほしさに政府審議会委員になりたがる財界人を連想したりする。

城山さんも、そんな学風にあこがれたのにちがいない。もし、ビジネス界にすすんでも間違いなく、一国一城の主《あるじ》になったことは保証する。私が保証してもあまりハクがつきませんけれどね。

まず、この大学の卒業生の九九％は、優秀なキャリアとして育ってゆくのだが、時々、文学という業《ごう》にとりつかれた変りダネ（ごめんなさい）があらわれる。先輩に伊藤整が、後輩に石原慎太郎がいる。城山さんもその一人であった。郷里の大学で教鞭《べん》をとりながら二足のワラジをはいていたが、直木賞受賞で文筆一本の道をえらび、やがて不朽の名作『鼠《ねずみ》』によって城山文学の大道を開いてゆく。

経済がわかるというのは大変な強味である。だが、それだけでは経済小説は書けぬ。そんなことをいえば、私だって曲りなりに経済学部を卒業し、サラリーマンのメシを四十二年（！）食った。必要なのはビジネスマンへの愛情である。日常のキビシい生活の中で人間の感情がどうゆれうごくかの洞察力《どうさつりょく》なのである。

逆説的に言えば、城山さんは商大を出ながら、ビジネス界に入らなかったために、かえって強烈、澄明《ちょうめい》な愛情を持ちつづけているのではあるまいか。佳作の短篇《たんぺん》『輸出』の中の孤独な商社マンは実は、城山さんの分身ではないのだろうか。作家という人種は多かれ少なかれ、作品の中に自己を投影するものだが、城山さんの場合は特に濃厚な気がする。

キザな表現をすれば、城山さんは〝ラ・マンチャの男〟のように「見果てぬ夢」を謳《うた》いつづけているのであろう。

これが一度でもタイム・カードの経験を持つと――たとえば黒井千次さん――ビジ

ネスマンに対する姿勢はガラリと変ってくる。一度、このアンビバレントを評論したいのだが、アマチュアには発表のチャンスがない。

城山さんが、その大好きなビジネスマンのためにエッセイを書いた。

もっとくわしく言えば、昭和五十八年五月から年末まで「日経流通新聞」に連載されたものである。

新聞社に聞けば、もっと具体的な読者像を教えてくれるだろうが、私なりに平均的イメージを描いてみる。まず、上場会社の社員である（これより小さいと業界紙でます）、三十歳代後半から四十歳にかけて。読みこなすにはかなりな経験を要する。言わずもがなのことであるが大学卒だ。例外として私のようなオジンも読んでいるが。

連載中、若い友人がこう語った。

「あの新聞読むの疲れるんです。赤と青の色鉛筆持ってサーッとチェックしてゆく。青はそのままスクラップ・ブックへ。赤は回覧用へと。慣れてくると二、三十分くらいで全紙を終えるんですが、〝人生のステップ〟と題した城山さんの随筆にくると、まるで砂漠《さばく》の中でオアシスに出あったような気になるんです。

ここまでビジネスライクに処理してきたのが、この欄は心を落ちつけて読まなければ、とタバコに火をつけて坐《すわ》りなおします」

それから一拍おいて、

「毎日、心が洗われる思いでした」

と言った。城山さんのラブ・コールは、何万人かのビジネスマンの魂をゆさぶっていたのである。

「大きな耳」は、情報の重要さを強調したシリーズである。ウサギは弱い。弱いから早く警報をとらねば生きてゆけぬ。それが長い大きな耳を持った理由だ。

山種さん、『百戦百勝』の主人公、山崎種二さんは文字通り、福耳、耳の大きな人であったが、情報の重要さを生涯《しょうがい》、追求し、商売に生かした人だった。自分の目、耳で感じなければナットクしない。二・二六事件の時、反乱軍に車を停《と》められ、将校に便乗を求められる。

ふつうの人ならブルって車だけ提供するのだが、山種さんは平気で同乗し、問わず語りに将校からナマの情報を聞きとる。自分だけでは気がすまぬ。長男の当時小学生だった富治少年を車にのせて、「わざと反乱軍の居るあたりを走らせ」たのだから、念が入っている。

帝王学であろう。

子供の印象は強烈で、富治社長は今でも機関銃の銃口をハッキリおぼえている。遺伝のせいか、富治社長も耳は大きい。

情報とは関係ないが、元NHKの名ディレクター、和田勉氏のパーソナリティも興味しんしんだ。自分のドラマについて、信じられないようなオーバーな表現をする。

「いやァ、すごい作品になりましたよ。ぼくは自分のドラマなのに、腰が抜けて動けなくなりましたよ」

よくもヌケヌケと、だ。だがそれで悪意を持たれぬのが人柄《ひとがら》なのだ。城山さんは言う。

――いまはそういう時代なのだ。芸術家肌《はだ》の専門職だからといって、黙っていては売れるものも売れない。自分が売らなければ、だれが売ってくれるのか。

「自分ガ売ラナケレバ、ダレガ売ッテクレルノカ」、不遇をかこつ窓際族《まどぎわぞく》にはおぼえがあるはずだ。

「新しい企業英雄」は読んでその通り。劇団「四季」の浅利慶太がズバぬけて面白《おもしろ》い。二回にわけてある。日本の新劇にはどこかストイシズムがあって、「好きなのだからいいじゃないか」というところがある。ゼニカネのことをいうのは商業演劇だとケイベツする。だけど内心はどうかしら。

「四季」は興行的に成功している数すくない劇団だ。オトナの集団である。リーダーの浅利慶太が芸術とマネジメントを両立させているからである。

「四季」に入団する時に言われるコトバが二つある。

「この世界は不平等と思え」

勝負の世界なのだ。ウマい俳優はえらく、ヘタな俳優はどんなに努力をしても下積みである。下積みからぬけ出すにはウマくなるより方法はない。万年平社員で飲み屋でグチをコボす連中にも聞かせたい。

「自分だけの時計を持て」

早く自分を見つめ、周囲の流れに身をまかせないことである。身をまかすのが一番ラクなのだが、ラクをして人よりぬきんでることができるだろうか。浅利慶太の凄《すご》さは、その掟《おきて》を自分自身に最もキビシくあてはめていることである。

「歩け歩け」

まず行動することだ。「大きな耳」でもふれたが、自分の肌でつかんだ感覚ほど強いものはない。勝海舟は歩くのが大好きだった。

封建時代にはめずらしいプラグマチズムと好奇心の持ち主であったからだ。八百八町はすべて頭の中に入っていた。街を歩けば知己も増える。新門辰五郎《しんもんたつごろう》以下、侠客《きょうかく》との交友もひろまった。
後に、西郷隆盛《さいごうたかもり》との江戸開城会談で、「もし官軍が受け入れなければ、全市中に火を放って、江戸を焦土にしてしまう」という切り札を持っていたのは、この背景があったからである。ハッタリでないことを西郷も見ぬいていた。

「ぼちぼちが一番」

パーフェクトを求めるのは人情だが、その挫折感《ざせつかん》も大きい。渡辺淳一説によると、大歌手は「頭が少し弱い」方がよい、という。まるっきり弱くてもコマるが、要は、些細《ささい》なことに気をつかわず、クヨクヨしない、ということであろう。
それだけ他人にも寛大になれる。つきあいやすいから立てられる。大物ということになってくる。

「配転ははじまり」

ビジネスマン生活、すべてが順風満帆とはゆかぬ。不運もあるだろう。会社生活の中には転任―左遷《させん》もあるだろう。これをどううけ止めるか、でその後の成長が変ってくる。
絶好の充電期間、これまで体験しなかった地域、職種の研鑽《けんさん》。企業にとって大切な人材を腐らせっ放しにするわけがない。不遇期にどう人間が対処するか、上司は必ず見ているものである。

「商社とは、敗者復活の連続なんですよ」

三菱《みつびし》商事三村庸平《ようへい》社長の名文句である。

「自分だけの暦」

本田技研、又は本田宗一郎といってもよい、城山さんの好きな会社、人物だ。わかるような気もする。

本田技研は祝祭日でも休まない日がある。

組合と話しあって夏、冬に振りかえているのである。生産にもリズムがある。調子がではじめた頃《ころ》、お休みではやりきれない。少し大仰にいえば、ホンダは企業文化を持っている。同じように、個人もなぜ、自分のカレンダーが持てないのだろうか。

「晴れた日の友」

『まぼろしの邪馬台国《やまたいこく》』の著者、宮崎康平《みやざきこうへい》が失明した時、友人の火野葦平《ひのあしへい》が語りかけた言葉が印象的だ。

「おれたちは歩こう」

そして、

「いま日本中の者が乗りおくれまいと先を争ってバスに乗っとる。無理して乗るほどのこともあるまい。おれたちは歩こう」

すばらしいではないか。良き友人を持つということ、ビジネスマンにとってかけがえのない特権なのだ。そのためには――。

城山さんは、わざわざお手紙を下さって、

「……私はこの本の解説を作家、文芸評論家ではなく、ふつうのビジネスマンの方に書いて頂きたかった」旨《むね》、懇切にのべられた。

その気持は痛いほどよくわかる。私はビジネスマンとして優等生ではない。大甘に採点して平均点か。城山さんもそのあたりは心得て、アタリマエのサラリーマンがどう読んだか、を述べてほしかったのであろう。

私なりに、この本の中で最も印象に残った言葉を一つ。

それは、あの均衡理論のレオン・ワルラスの（さすがは商大出）、

「静かに行く者は健やかに行く。健やかに行く者は遠くまで行く」

である。


（平成元年三月、東洋投資顧問株式会社会長）

この作品は昭和六十年一月日本経済新聞社より刊行された。

城山三郎著

総会屋錦城

直木賞受賞

直木賞受賞の表題作は、総会屋の老練なボス錦城の姿を描いて株主総会のからくりを明かす異色作。他に本格的な社会小説6編を収録。

城山三郎著

役員室午後三時

日本繊維業界の名門華王紡に君臨するワンマン社長が地位を追われた――企業に生きる人間の非情な闘いと経済のメカニズムを描く。

城山三郎著

雄気堂々

(上・下)

一農夫の出身でありながら、近代日本最大の経済人となった渋沢栄一のダイナミックな人間形成のドラマを、維新の激動の中に描く。

城山三郎著

毎日が日曜日

日本経済の牽引車か、諸悪の根源か？　総合商社の巨大な組織とダイナミックな機能・日本的体質を、商社マンの人生を描いて追究。

城山三郎著

官僚たちの夏

国家の経済政策を決定する高級官僚たち――通産省を舞台に、政策や人事をめぐる政府・財界そして官僚内部のドラマを捉えた意欲作。

城山三郎著

男子の本懐

〈金解禁〉を遂行した浜口雄幸と井上準之助。性格も境遇も正反対の二人の男が、いかにして一つの政策に生命を賭したかを描く長編。

城山三郎著

硫黄島に死す

〈硫黄島玉砕〉の四日後、ロサンゼルス・オリンピック馬術優勝の西中佐はなお戦い続けていた。文藝春秋読者賞受賞の表題作など7編。

城山三郎著

冬の派閥

幕末尾張藩の勤王・佐幕の対立が生み出した血の粛清劇〈青松葉事件〉をとおし、転換期における指導者のありかたを問う歴史長編。

城山三郎著

落日燃ゆ

毎日出版文化賞・吉川英治文学賞受賞

戦争防止に努めながら、A級戦犯として処刑された只一人の文官、元総理広田弘毅の生涯を、激動の昭和史と重ねつつ克明にたどる。

城山三郎著

秀吉と武吉

目を上げれば海

瀬戸内海の海賊総大将・村上武吉は、豊臣秀吉の天下統一から己れの集団を守るためいかに戦ったか。転換期の指導者像を問う長編。

城山三郎著

わしの眼は十年先が見える

—大原孫三郎の生涯

社会から得た財はすべて社会に返す——ひるむことを知らず夢を見続けた信念の企業家の、人間形成の跡を辿り反抗の生涯を描いた雄編。

城山三郎著

指揮官たちの特攻

—幸福は花びらのごとく—

神風特攻隊の第一号に選ばれた関行男大尉、玉音放送後に沖縄へ出撃した中津留達雄大尉。二人の同期生を軸に描いた戦争の哀切。

城山三郎著
静かに健やかに遠くまで
城山作品には、心に染みる会話や考えさせる文章が数多くある。多忙なビジネスマンにこそ読んでほしい、滋味あふれる言葉を集大成。

城山三郎著
部長の大晩年
部長になり会社員として一応の出世はした。だが、異端の俳人・永田耕衣の本当の人生は、定年から始まった。元気の出る人物評伝。

城山三郎著
黄金の日日
豊かな財力で時の権力者・織田信長、豊臣秀吉と対峙する堺。小僧から身を起こしルソンで財をなした豪商の生き様を描く歴史長編。

城山三郎著
無所属の時間で生きる
どこにも関係のない、どこにも属さない一人の人間として過ごす。そんな時間の大切さを厳しい批評眼と暖かい人生観で綴った随筆集。

城山三郎著
そうか、もう君はいないのか
作家が最後に書き遺していたもの――それは、亡き妻との夫婦の絆の物語だった。若き日の出会いからその別れまで、感涙の回想手記。

城山三郎著
少しだけ、無理をして生きる
著者が魅了され、小説の題材にもなった人々の生き様から浮かび上がる、真の人間の魅力、そしてリーダーとは。生前の貴重な講演録。

司馬遼太郎著

梟の城

直木賞受賞

信長、秀吉……権力者たちの陰で、凄絶な死闘を展開する二人の忍者の生きざまを通して、かげろうの如き彼らの実像を活写した長編。

司馬遼太郎著

人斬り以蔵

幕末の混乱の中で、劣等感から命ぜられるままに人を斬る男の激情と苦悩を描く表題作ほか変革期に生きた人間像に焦点をあてた7編。

司馬遼太郎著

国盗り物語

（一〜四）

貧しい油売りから美濃国主になった斎藤道三、天才的な知略で天下統一を計った織田信長。新時代を拓く先鋒となった英雄たちの生涯。

司馬遼太郎著

燃えよ剣

（上・下）

組織作りの異才によって、新選組を最強の集団へ作りあげてゆく〝バラガキのトシ〟――剣に生き剣に死んだ新選組副長土方歳三の生涯。

司馬遼太郎著

新史太閤記

（上・下）

日本史上、最もたくみに人の心を捉えた〝人蕩し〟の天才、豊臣秀吉の生涯を、冷徹な史眼と新鮮な感覚で描く最も現代的な太閤記。

司馬遼太郎著

関ケ原

（上・中・下）

古今最大の戦闘となった天下分け目の決戦の過程を描いて、家康・三成の権謀の渦中で命運を賭した戦国諸雄の人間像を浮彫りにする。

山本周五郎著

青べか物語

うらぶれた漁師町浦粕に住みついた〝私〟の眼を通して、独特の狡猾さ、愉快さ、質朴さをもつ住人たちの生活ぶりを巧みな筆で捉える。

山本周五郎著

柳橋物語・むかしも今も

幼い一途な恋を信じたおせんを襲う悲しい運命の「柳橋物語」。愚直なる男が愚直を貫き通したがゆえに幸福をつかむ「むかしも今も」。

山本周五郎著

五瓣の椿

自分が不義の子と知ったおしのは、淫蕩な母と相手の男たちを次々と殺す。息絶えた五人の男たちのそばには赤い椿の花びらが……。

山本周五郎著

赤ひげ診療譚

小石川養生所の〝赤ひげ〟と呼ばれる医師と、見習い医師との魂のふれ合いを中心に、貧しさと病苦の中でも逞しい江戸庶民の姿を描く。

山本周五郎著

大《おお》炊《いの》介《すけ》始末

自分の出生の秘密を知った大炊介が、狂態を装って父に憎まれようとする姿を描く「大炊介始末」のほか、「よじょう」等、全10編を収録。

山本周五郎著

小説日本婦道記

厳しい武家の定めの中で、夫や子のために生き抜いた日本の女たち——その強靱さ、凜とした美しさや哀しみが溢れる感動的な作品集。

藤沢周平著

用心棒日月抄

故あって人を斬り脱藩、刺客に追われながらの用心棒稼業。が、巷間を騒がす赤穂浪人の動きが又八郎の請負う仕事にも深い影を……。

藤沢周平著

竹光始末

糊口をしのぐために刀を売り、竹光を腰に仕官の条件である上意討へと向う豪気な男。表題作の他、武士の宿命を描いた傑作小説5編。

藤沢周平著

時雨のあと

兄の立ち直りを心の支えに苦界に身を沈める妹みゆき。表題作の他、江戸の市井に咲く小哀話を、繊麗に人情味豊かに描く傑作短編集。

藤沢周平著

冤（えんざい）罪

勘定方相良彦兵衛は、藩金横領の罪で詰め腹を切らされ、その日から娘の明乃も失踪した……。表題作はじめ、士道小説9編を収録。

藤沢周平著

橋ものがたり

様々な人間が日毎行き交う江戸の橋を舞台に演じられる、出会いと別れ。男女の喜怒哀楽の表情を瑞々しい筆致に描く傑作時代小説。

藤沢周平著

神隠し

失踪した内儀が、三日後不意に戻った、一層凄艶さを増して……。女の魔性を描いた表題作をはじめ江戸庶民の哀歓を映す珠玉短編集。

吉村昭著
戦艦武蔵
菊池寛賞受賞

帝国海軍の夢と野望を賭けた不沈の巨艦「武蔵」――その極秘の建造から壮絶な終焉まで、壮大なドラマの全貌を描いた記録文学の力作。

吉村昭著
星への旅
太宰治賞受賞

少年達の無動機の集団自殺を冷徹かつ即物的に描き詩的美にまで昇華させた表題作。ロマンチシズムと現実との出会いに結実した6編。

吉村昭著
高熱隧道

トンネル貫通の情熱に憑かれた男たちの執念と、予測もつかぬ大自然の猛威との対決――綿密な取材と調査による黒三ダム建設秘史。

吉村昭著
冬の鷹

「解体新書」をめぐって、世間の名声を博す杉田玄白とは対照的に、終始地道な訳業に専心、孤高の晩年を貫いた前野良沢の姿を描く。

吉村昭著
零式戦闘機

空の作戦に革命をもたらした〝ゼロ戦〟――その秘密裡の完成、輝かしい武勲、敗亡の運命を、空の男たちの奮闘と哀歓のうちに描く。

吉村昭著
陸奥爆沈

昭和十八年六月、戦艦「陸奥」は突然の大音響と共に、海底に沈んだ。堅牢な軍艦の内部にうごめく人間たちのドラマを掘り起す長編。

山崎豊子著

暖簾（のれん）

丁稚からたたき上げた老舗の主人吾平を中心に、親子二代〝のれん〟に全力を傾ける不屈の大阪商人の気骨と徹底した商業モラルを描く。

山崎豊子著

ぼんち

放蕩を重ねても帳尻の合った遊び方をするのが大阪の〝ぼんち〟。老舗の一人息子を主人公に船場商家の独特の風俗を織りまぜて描く。

山崎豊子著

花のれん

直木賞受賞

大阪の街中へわての花のれんを幾つも幾つも仕掛けたいのや――細腕一本でみごとな寄席を作りあげた浪花女のど根性の生涯を描く。

山崎豊子著

華麗なる一族（上・中・下）

大衆から預金を獲得し、裏では冷酷に産業界を支配する権力機構〈銀行〉――野望に燃える万俵大介とその一族の熾烈な人間ドラマ。

山崎豊子著

沈まぬ太陽

(一)アフリカ篇・上

(二)アフリカ篇・下

人命をあずかる航空会社に巣食う非情。その不条理に、勇気と良心をもって闘いを挑んだ男の運命。人間の真実を問う壮大なドラマ。

山崎豊子著

白い巨塔（一〜五）

癌の検査・手術、泥沼の教授選、誤診裁判などを綿密にとらえ、尊厳であるべき医学界に渦巻く人間の欲望と打算を迫真の筆に描く。

新潮文庫の新刊

松家仁之著
沈むフランシス
北海道の小さな村で偶然出会い、急速に惹かれあった男女。決して若くはない二人の深まりゆく愛と鮮やかな希望の光を描く傑作。

荻堂顕著
擬傷の鳥はつかまらない
新潮ミステリー大賞受賞
少女の飛び降りをきっかけに、壮絶な騙し合いが始まる。そして明かされる驚愕の真実。若き鬼才が放つ衝撃のクライムミステリ！

彩藤アザミ著
あわこさま
―不村家奇譚―
あわこさまは、不村に仇なすものを赦さない――。「水憑き」の異形の一族・不村家の繁栄と凋落を描く、危険すぎるホラーミステリ。

小林早代子著
アイドルだった君へ
R-18文学賞読者賞受賞
元アイドルの母親をもつ子供たち、親友の推しに顔を似せていく女子大生……。アイドルとファン、その神髄を鮮烈に描いた短編集。

藤崎慎吾・相川啓太
佐藤実・之人冗悟
八島游舷・梅津高重著
白川小六・村上岳
関元聡・柚木理佐
星に届ける物語
―日経「星新一賞」受賞作品集―
夢のような技術。不思議な装置。1万字の未来がここに――。理系的発想力を問う革新的文学賞の一般部門グランプリ作品11編を収録。

宮部みゆき著
小暮写眞館（上・下）
閉店した写真館で暮らす高校生の英一は、奇妙な写真の謎を解く羽目に。映し出された人の〈想い〉を辿る、心温まる長編ミステリ。

打《う》たれ強《づよ》く生《い》きる

新潮文庫　し－7－21

平成　元　年　五　月二十五日　発　行
平成二十年　十　月三十日　四十七刷改版
令和　七　年　二　月二十日　五十八刷

著　者　城《しろ》山《やま》三《さぶ》郎《ろう》

発行者　佐　藤　隆　信

発行所　株式会社　新　潮　社

郵便番号　一六二―八七一一
東京都新宿区矢来町七一
電話　編集部(〇三)三二六六―五四四〇
　　　読者係(〇三)三二六六―五一一一
https://www.shinchosha.co.jp

価格はカバーに表示してあります。

乱丁・落丁本は、ご面倒ですが小社読者係宛ご送付ください。送料小社負担にてお取替えいたします。

印刷・株式会社光邦　製本・株式会社植木製本所

ISBN978-4-10-113321-8 C0195